LETTRES

ADRESSÉES AU R. P. HAHN, S. J.

A L'OCCASION DE SON *MÉMOIRE* INTITULÉ :

LES PHÉNOMÈNES HYSTÉRIQUES ET LES RÉVÉLATIONS DE SAINTE THÉRÈSE

PAR L'ABBÉ A. TOUROUDE

PRÊTRE AGRÉGÉ A LA CONGRÉGATION DES SS. CŒURS, DITE DE PICPUS

TROISIÈME ÉDITION

ALENÇON

E. RENAUT-DE BROISE, ÉDITEUR,

5, PLACE D'ARMES, 5.

—

1886

LETTRES

ADRESSÉES AU R. P. HAHN, S. J.

A L'OCCASION DE SON *MÉMOIRE* INTITULÉ :

LES PHÉNOMÈNES HYSTÉRIQUES ET LES RÉVÉLATIONS DE SAINTE THÉRÈSE

PAR L'ABBÉ A. TOUROUDE

PRÊTRE AGRÉGÉ A LA CONGRÉGATION DES SS. CŒURS, DITE DE PICPUS

ALENÇON

E. RENAUT-DE BROISE, ÉDITEUR,

5, PLACE D'ARMES, 5.

—

1886

AVANT-PROPOS

Par considération pour l'illustre Compagnie de Jésus,
je m'étais toujours refusé, malgré les instances qui m'étaient
faites, à mettre dans le commerce les Lettres *que j'avais*
adressées au P. Hahn, *à l'occasion de son* Mémoire *intitulé :*
les Phénomènes Hystériques et les Révélations de Ste Thérèse.
A plusieurs reprises j'avais manifesté au P. de Bonniot la
répugnance que j'éprouvais à publier une troisième édition
de mes Lettres *qu'on me demandait de tous côtés; et ce Père*
me répondait le 19 Décembre: « Vous savez que nous ne dési-
« rons pas moins que vous mettre un terme à un scandale
« qui dure depuis trop longtemps. »

Après la condamnation du Mémoire *du P. Hahn par la*
S. Congrégation des Rites et sa mise à l'Index, je regardais
donc la discussion comme terminée; d'autant plus que le 2
Janvier, le P. de Bonniot m'adressait les lignes suivantes:
« En vous souhaitant une heureuse et sainte année, j'ai l'hon-
« neur de vous apprendre, si vous ne le savez déjà, que le
« P. Hahn s'est rétracté. Evitera-t-il une condamnation de
« la Congrégation de l'Index? J'en doute. En tout cas, il me
« semble que votre fin de campagne n'aura désormais plus de
« raison d'être. » A ce moment, le P. de Bonniot, savait tout

aussi bien que moi que le Mémoire *du P. Hahn avait été con-*
damné par la S. Congrégation des Rites, dès le 1ᵉʳ Décembre et
qu'il avait peu de chances d'échapper à la mise à l'Index; mais
il ne voulait pas avoir l'apparence d'être le premier à me l'ap-
prendre. J'étais donc persuadé que désormais un silence
absolu se ferait sur cette triste affaire. Aussi quelle n'a
pas été ma surprise, quand le 2 Février, j'ai reçu de Louvain
une brochure intitulée ı Etude Pathologico-Théologique sur
Sainte Thérèse. — Réponse au Mémoire du P. Hahn, par le
P. L. de San, S. J. ; *qui se vendait à Paris et à Louvain ;*

Quel dommage que le P. de San n'ait pas publié son opus-
cule un an plus tôt! que de peines et d'embarras il m'aurait
épargnés! Et rien ne lui aurait été plus facile. « *Dès son*
« *apparition, nous dit-il, le* Mémoire *du P. Hahn ren-*
« *contra parmi les confrères de l'auteur des adversaires*
« *nombreux et convaincus, je fus du nombre de ceux-ci et*
« *rédigeai une note où j'indiquai rapidement les points*
« *faibles de l'argumentation. Mes Supérieurs eurent connais-*
« *sance de ce travail, ils l'approuvèrent pleinement et m'en-*
« *gagèrent à préparer une réfutation plus ample et plus*
« *approfondie.,.. Une année se passa ainsi avant que je puisse*
« *achever le travail que je livre aujourd'hui à la publicité.* »(1)

On s'étonnera tout d'abord qu'il ait fallu un an à un
homme aussi intelligent et aussi savant que le P. de San,
pour achever son travail, quand il a suffi de quelques jours
à M. l'abbé Jules Morel, et à moi de quelques semaines, pour
signaler et démontrer ce qu'il y avait de dangereux et
d'erroné dans le Mémoire *du P. Hahn.*

Mais ce n'est pas un an, c'est trois ans que le P. de San a
mis à publier sa brochure. En effet le Mémoire *du P. Hahn*
présenté au Concours de Salamanque, en 1882, a été publié

---

(1) P. de San. Avant-Propos, p. VIII.

dans le n° du 1ᵉʳ Janvier 1883 et dans les deux Nᵒˢ suivants
de la Revue des Questions Scientifiques de Bruxelles, *et la*
Réponse *du P. de San n'a paru qu'à la fin de Janvier* 1886.
Pendant ce temps le Mémoire *avait fait son chemin ; diverses*
revues, la Revue des Questions Historiques *; la* Revue de
Louvain; *la* Revue de Dublin, *la* Revue d'Inspruck, *etc., en*
avaient parlé avec de grands éloges.

Le 1ᵉʳ *Avril* 1884, *le P. de Smedt publiait dans la* Revue
des Questions Historiques *un long article où il vante la science,*
l'esprit d'observation, la perspicacité de son confrère dont il
partage les idées, jetant par dessus bord le pauvre P. Van
der Moere, comme trop en retard avec la science moderne
et ne craignant pas d'affirmer que « la lecture du Mémoire
« *du P. Hahn fortifiera les croyants et n'apportera pas*
« *moins de consolation aux personnes engagées dans les voies*
« *de la perfection chrétienne... Cette étude, ajoute-t-il, est*
« *conduite avec une clarté, une franchise et une rigueur*
« *qui en font un parfait modèle d'un travail scientifique...*
« *Nous n'hésitons pas à qualifier cette démonstration de*
« *lumineuse et à déclarer qu'elle nous convainc pleinement. »*
Cependant le P. de San, garde le silence.

Aussi le 16 *Avril* 1885, *le P. Hahn pouvait eucore m'é-*
crire. « Vous m'opposez *l'autorité de personnages distin-*
« *gués.... De mon côté, j'ai recueilli dans l'Épiscopat, dans*
« *la Haute Administration Ecclésiastique, dans les Facultés*
« *de Théologie, des félicitations et des applaudissements.*
« *Et pour ne citer que des témoignages publics, je vous*
« *renvoie aux comptes - rendus insérés dans la* Revue des
« Questions Historiques, *par un homme assurément compétent,*
• *quand il s'agit des Saints, le R. P. de Smedt, doyen des*
« *Bollandistes ; dans la* Revue de Louvain, *par M. Jung-*
« *mann, etc. »*

Le Mémoire *est attaqué , le P. Hahn le défend avec vigueur.*

Le P. de San n'intervient pas encore et conserve in petto *ses sentiments sur les théories de son confrère.*

C'est seulement, quand le Mémoire *est condamné et qu'il n'y a plus moyen de le défendre, que le P. de San publie son travail. Serait-il bien téméraire de supposer que ce travail n'aurait jamais paru, si le* Mémoire *n'avait pas été condamné?*

Pour moi, j'ai été très-honoré et très-flatté de me trouver d'accord sur tous les points avec le savant P. de San et de voir reproduits dans sa Réponse *tous les arguments que j'avais fait valoir dans ma première* Lettre au P. Hahn, *publiée au mois de Mars de l'année dernière. J'ai pourtant éprouvé une déception en la lisant, j'espérais y trouver quelque idée nouvelle ou quelques nouveaux aperçus; j'ai été trompé dans mon attente. « Cette réfutation, me disait « quelqu'un, n'est au fond que la reproduction de la vôtre « en d'autres termes, amplifiée sur certains points, incom- « plète sur d'autres, mais tellement édulcorée et si habilement « mélangée de louange et de blâme, qu'après l'avoir lue, on « est tenté de se demander comment à Rome on a pu condam- « ner un homme si docte, si pieux, si droit, si loyal, si « dévoué à S*{te}* Thérèse, *pour quelques* Propositions *secondaires « et quelques erreurs d'appréciation quand, à l'exception « d'une cinquantaine de pages, le reste de son ouvrage mérite « les plus grands éloges et sera un monument élevé à la « gloire de S*{te}* Thérèse. (1).*

Un monument élevé à la gloire de S*{te} Thérèse, un ouvrage qu'il est défendu, sous les peines les plus sévères, de lire ou de conserver !! Ce trait suffit pour montrer dans quel esprit

(1) P. de San. *Etude...* p. V et VI.

et dans quel but le P. de San a écrit sa brochure. C'est ce que me fait observer le Supérieur Général d'une Congré- « *gation de Missionnaires, qui ajoute* : « *Plusieurs Pères* « *Jésuites déclarent ne pas comprendre sur quoi porte la* « *condamnation.* » *Aussi afin de laisser son lecteur sous cette favorable impression, le P. de San se garde bien de donner le texte du Décret de condamnation qu'il se contente de mentionner à la dernière page de son* Etude, *comme il se garde de signaler les passages dangereux qui ont très-probablement motivé la sévérité de la S. Congrégation des Rites. Voilà pourquoi sans doute il s'est encore bien gardé de parler des* Fascicules *de M. l'abbé J. Morel et des* Lettres au P. Hahn *qui portent une vive lumière sur certains points qu'il tenait à laisser dans l'ombre. On dirait que pour lui ces* Fascicules *et ces* Lettres *n'existent pas.*

« *Il est donc indispensable, m'écrit-on, de combler les* « *lacunes étonnantes et les prétéritions si savamment calculées* « *du P. de San, en publiant une troisième* Lettre *dans* « *laquelle il sera rendu un compte exact et complet de la* « *conclusion de cette polémique.* » *Après l'exemple que me donnent le P. de San et plusieurs autres Pères de la Compagnie, je peux sans scrupule, ce me semble, m'affranchir de la réserve que je m'étais imposée et livrer mes* Lettres *au public.*

Si l'on trouve que ma troisième Lettre *n'ajoute rien à mes premiers arguments, on verra du moins, par les nombreuses citations qu'elle renferme, que ce ne sont pas seulement les Carmes et les Carmélites qui ont été froissés des appréciations téméraires du P. Hahn, mais que l'Église entière en a été indignée. Ce faisceau de protestations venues de tous les côtés, sera comme un nouveau trophée élevé à la gloire de la séraphique Vierge d'Avila et la Condamnation solennelle du P. Hahn en sera le couronnement. L'Ordre des*

Carmes conservera précieusement ces protestations dans ses archives, comme un témoignage de la profonde vénération que toutes les Familles religieuses ou, pour mieux dire, tous les Catholiques avaient pour Ste Thérèse, à la fin du XIXe siècle.

Je profiterai de cette circonstance pour répondre à quelques observations qui m'ont été faites et pour examiner la valeur de la lettre du Secrétaire D. Izquierdo qu'on a tenue cachée pendant plus de trois ans, qu'on produit au dernier moment et sur laquelle le P. de San s'appuie pour maintenir que le P. Hahn a été couronné au Concours de Salamanque. Peut-être, après avoir lu les documents que j'ai reçus à ce sujet, le P. de San regrettera-t-il de s'être si fort avancé et d'avoir parlé avec tant de confiance.

PREMIÈRE LETTRE

Paris, 33, rue de Picpus, le 2 Février 1885.

MON RÉVÉREND PÈRE,

Il y a quelques jours, on m'a communiqué la savante dissertation que vous avez composée à l'occasion du Centenaire de sainte
Thérèse. Je l'ai lue avec d'autant plus d'empressement et d'intérêt que deux articles, publiés par le P. de Bonniot, dans la
Revue du Monde catholique, au commencement de l'année 1883,
sur *Les Prodiges de la Salpêtrière*, ne m'avaient pas pleinement satisfait. Après l'avoir parcourue, je n'ai pu m'empêcher de
manifester à quelques amis la surprise et la peine que m'avait
causées cette lecture. A tort ou à raison, il me semblait que ce
Mémoire, quoique couronné au concours de Salamanque, portait
atteinte à la haute idée que les âmes pieuses se forment de la
personne de sainte Thérèse. Alors on m'a pressé de vous communiquer ces impressions que je ne suis pas seul à éprouver, et de
vous fournir ainsi une occasion de donner des explications qui
seront accueillies avec bonheur par toute la famille du Carmel et
par les nombreux et fervents admirateurs de la séraphique vierge
d'Avila.

1

I

Je n'ai pas besoin de vous dire, mon Révérend Père, que, comme prêtre et comme chrétien, j'admets de tout point ce que vous dites des qualités natives et des vertus héroïques de sainte Thérèse, de la noblesse de son caractère, de l'étendue de son intelligence, de la pénétration de son esprit, de la rectitude de son jugement, de la droiture de sa volonté, de la délicatesse de sa conscience, de la pureté de ses mœurs, de la candeur de son âme, de la bonté de son cœur, du charme de sa conversation, de sa constance dans ses résolutions, de son habileté dans les affaires, de sa prudence dans les entreprises, de sa fermeté dans les traverses et de sa patience dans les peines. Jamais je n'ai douté un instant de la source surnaturelle des révélations dont elle a été favorisée.

Mais ce n'est pas pour les prêtres, ni même pour les simples fidèles que vous avez écrit, c'est pour les sceptiques et les rationalistes. Si j'ai bien compris votre dessein, vous voulez démontrer scientifiquement à des savants incrédules, qu'en étudiant le caractère de la Sainte et la nature de ses visions, il était impossible à un homme de bonne foi, de nier la réalité du commerce extraordinaire qu'elle dit avoir eu avec le monde surnaturel. Avez-vous atteint le but que vous vous proposiez ? Après avoir lu votre dissertation, un savant incrédule ne pourra-t-il soulever aucune difficulté, ni formuler aucune objection ? Il est, ce me semble, permis d'en douter.

Votre dissertation se divise en trois parties. Dans la première, vous exposez les différents phénomènes de l'hystérie ; dans la seconde, vous résumez la vie de sainte Thérèse ; enfin, dans la troisième, qui est comme la conclusion des deux autres, vous cherchez à démontrer que le témoignage de sainte Thérèse suffit pour prouver la vérité de sa narration et la réalité de ses visions surnaturelles. Voici mes impressions sur chacune de ces parties.

II

Si j'avais été étonné de voir le P. de Bonniot admettre sans observation et sans réserve, comme des faits naturels et comme des produits scientifiques d'une région jusqu'ici inexplorée de la physiologie et de la pathologie, ce qu'il appelle *Les Prodiges de la Salpêtrière*, — vous le dirai-je, mon Révérend Père, j'ai été presque effrayé en vous entendant affirmer que « la fidélité « des descriptions faites par MM. Regnard, Bourneville et Richer, « était à l'abri de tout reproche, et que vous aviez trouvé dans « leurs ouvrages la reproduction exacte des phénomènes dont « vous aviez été vous même témoin (1). » Je n'avais pas, je l'avoue, une si entière confiance dans les assertions de ces Docteurs qui ne se contentaient pas d'étudier ces phénomènes au point de vue de la science médicale, mais qui, de leur propre aveu, espéraient bien y trouver une preuve invincible de la fausseté des guérisons miraculeuses et des communications surnaturelles. Comme le dit le P. de Bonniot, « il n'y a rien qui fausse l'œil de l'historien « comme la haine du surnaturel, et c'est là précisément la dispo- « sition de nos historiens médecins (2). » Il est si facile de déna- turer un fait, et par ce moyen d'en tirer des conséquences qui n'en découlent pas, que je n'acceptais leurs descriptions que pro- visoirement et sous bénéfice d'inventaire. Mais vous avez cons- taté vous-même ces faits, mon Révérend Père ; plus hardi que le P. de Bonniot (3), vous n'avez pas craint d'aborder l'amphi- théâtre du docteur Charcot et, « grâce à l'obligeance du célèbre « praticien, vous avez pu contempler à loisir les phénomènes cu- « rieux qui se passent presque constamment dans le quartier des « hystériques de la Salpêtrière (4). » Je me garderai donc bien de révoquer en doute des faits dont vous avez vous-même constaté l'authenticité. J'admets comme indubitables les phénomènes ex-

(1) P. HAHN, *Phénomènes hystériques.* P. 18.

(2) P. DE BONNIOT, *Revue du Monde Catholique*, 1er juillet 1884, p. 10.

(3) « Nous n'avons pas assisté aux scènes de l'amphithéâtre du Dr Charcot, « on verra bientôt que les plus simples convenances ne nous le permettaient « pas. » P. DE BONNIOT, art. « Les Prodiges de la Salpêtrière. » *Rev. du Monde cathol.*, 15 janvier 1883.

(4) P. HAHN, *Phén. hyst.*, p. 18.

ternes, apparents, en quelque sorte palpables, que vous avez
contrôlés, sauf à vous exposer plus tard mes doutes et mes appréhensions sur leur origine et leur cause première. Seulement,
avant d'aller plus loin, je ne peux m'empêcher de vous soumettre
une simple réflexion.

Il y a plus de cinquante ans, un professeur de l'Université,
commentant un passage de Tite-Live où il était question d'un
prodige, ajoutait : « Vous riez, Messieurs, de la naïveté de Tite-
« Live : les miracles de l'Évangile ne sont pas autre chose. Dans
« ces temps dénués de critique, on admettait sans hésiter les
« faits les plus incroyables. » C'est ainsi que ce professeur impie
étouffait la foi dans l'âme de ses élèves. N'y a-t-il point lieu de
craindre qu'en voyant des sourds qui entendent, des muets qui
parlent, des aveugles qui voient, des paralytiques qui marchent,
une foule de gens ne confondent les miracles évangéliques avec
ces phénomènes étranges que vous semblez admettre comme des
faits naturels et comme de simples effets de certaines dispositions
physiologiques ou pathologiques ? Comment voulez-vous que des
matérialistes, des rationalistes, et surtout cette multitude presque innombrable de sceptiques qui, ayant tout effleuré, n'ont
rien approfondi, ne se laissent pas tromper par les apparences ?
Voilà une jeune femme qui marche, agit, parle, se nourrit comme
tout le monde ; vous lui transpercez la main avec une pointe
acérée, elle ne manifeste aucun sentiment de douleur : elle est
hystérique (1) ! En voilà une autre qui a tout un côté du corps
paralysé et insensible ; d'un signe ou d'un mot, le docteur la
plonge dans un sommeil artificiel ; aussitôt elle marche, court
même au besoin, sauf à retomber dans son état paralytique,
aussitôt après son réveil : phénomène hystérique ! Celle-ci était
depuis longtemps aveugle, elle recouvre subitement la vue ;
celle-là avait un bras raide comme une barre de fer, un simple
attouchement du docteur le rend souple comme celui d'un
enfant. Cette autre est en proie à d'affreuses convulsions ; un
léger souffle de l'opérateur, dirigé sur la figure de la patiente,
suffit pour la rappeler immédiatement à son état normal : phénomènes hystériques ! Encore une fois, en présence de tous ces
faits qui se renouvellent sans cesse, n'est-il pas à craindre que les
sceptiques rejettent la croyance aux miracles et au surnaturel ?

(1) P. HAHN, Phén. hist., p. 18 et suiv.

Pourquoi la plupart des médecins refusent-ils d'ajouter foi aux guérisons miraculeuses qui s'opèrent journellement à Lourdes ou en d'autres lieux de pèlerinage ? Hystéries ! névroses ! hallucinations ! répondent-ils. Un grand nombre parmi eux n'exceptent pas même les miracles rapportés dans l'Évangile. A leurs yeux, la fille de Jaïre était une hystérique ; Jésus ne dit-il pas lui-même qu'elle n'était pas morte, mais qu'elle dormait ? Le fils de la veuve de Naïm était un cataleptique ou un hypnotisé ! Lazare était en léthargie. Si on leur objecte que son corps commençait à se décomposer et à sentir mauvais, ils répondent que le fait n'est pas certain, que c'est le dire de Marthe, parce que son frère était depuis quatre jours dans le tombeau : *Domine, jam fœtet, quatriduanus est enim.* Mais ce tombeau, ajoutent-ils, était une grande caverne fermée par une grosse pierre qui laissait passer assez d'air pour qu'un homme en léthargie pût continuer à vivre. N'est-ce pas ce qu'affirment MM. Regnard, Bourneville et tous leurs partisans ?

Oui, je crains que les expériences de M. Charcot, si longuement décrites par ses élèves, ne soient funestes pour la foi d'un grand nombre. Oui, je crains que beaucoup de ceux qui en sont témoins, ne voient plus dans les miracles évangéliques, comme dans les phénomènes hystériques, que des effets provenant des forces secrètes de la nature.

Car, comme le dit le P. Gury, annoté par le P. Ballerini, par quel moyen pourront-ils discerner les vrais miracles des prestiges du magnétisme, puisque beaucoup de faits merveilleux, opérés par les magnétisés, sont regardés par l'Église comme excédant les forces et l'ordre de la nature : *Edisserant qua ratione vera miracula a magnetismi præstigiis discerni possint. Plura enim mira quæ a magnetizatis patrantur, ab Ecclesia seu naturæ vires et ordinem excedentia habita sunt* (1) Et qu'on ne dise pas qu'il s'agit ici du magnétisme et non des phénomènes hystériques, puisque aujourd'hui tous les savants reconnaissent que l'hypnotisme ou sommeil artificiel, provoqué par le Docteur Charcot et ses adhérents, ne diffère en rien du sommeil magnétique (2).

D'où je conclus, avec les PP. Gury et Ballerini, qu'admettre

---

(1) Gury, t. I, p 212, Appendix *de Magnetismo animali.*

(2) P. de Bonniot, art. « Dernière phase du Somnambulisme », *Rev. du Monde cath.*, 15 Mai 1884.

sans distinction et sans réserve tous les phénomènes observés à la Salpêtrière comme des effets naturels dus à certaines dispositions physiologiques ou pathologiques, c'est là une opinion très dangereuse : *periculis plena*. Telle est, mon Révérend Père, l'impression qui m'est restée de la lecture de la première partie de votre dissertation.

III

Je n'ai aucune observation à faire sur la seconde partie où vous avez résumé la vie de sainte Thérèse d'une manière très intéressante, conservant en partie le charme que la Sainte elle-même a mis dans son récit.

Il n'en est pas tout à fait de même de la troisième partie, et cela vient sans doute de mon peu de compétence dans ces sortes de matières. Il m'a semblé que certaines propositions n'étaient pas clairement prouvées, que certaines assertions n'étaient pas incontestables, et qu'enfin il vous arrivait de conclure trop facilement du particulier au général. Permettez-moi de vous exposer encore, en toute simplicité, mes diverses impressions.

De l'étude du tempérament et du caractère *physique* de sainte Thérèse, et « par là vous entendez, outre les propriétés purement « corporelles, certaines dispositions psychiques tellement liées à « l'organisme que l'intelligence la plus droite et la volonté « la plus énergique sont impuissantes à les réprimer et à les « combattre (1), » vous vous croyez en droit de conclure que sainte Thérèse était sujette à des attaques d'hystérie épileptiforme ou de grande hystérie (2). Les raisons que vous apportez à l'appui de votre opinion, sont si nombreuses et si habilement groupées, que je n'aurais jamais songé à soulever le moindre doute sur ce point, si un mot du P. de Bonniot ne m'avait donné à réfléchir. « Beaucoup d'extatiques, dit-il, présentent comme des « fragments de névroses caractérisés, mais *jamais* des symptômes « complets, ni *surtout l'ensemble* de tous ces symptômes (3) ». Il

(1) P. Hahn, *Phén. hyst.*, p. 104.

(2) Id. *ibid.*

(3) P. de Bonniot, art. « Les Prodiges de la Salpêtrière », *Rev. du Monde cath.* p. 313, fév. 1883.

faut donc, comme vous le dites vous-même, mon Révérend Père,
« dans les observations une exactitude poussée jusqu'au scru-
« pule... parce que souvent les questions se décident par des
« particularités très minimes en elles-mêmes et qui en d'autres
« occasions n'ont pas la moindre importance (1). »

Il ne faut pas oublier que dans toute maladie, il y a des symptômes généraux qui lui sont communs avec d'autres maladies et
des symptômes spéciaux qui servent à la distinguer de toute
autre affection morbide. Or, il suffit d'un peu d'attention pour
constater que les symptômes qui, d'après vous, prouvent que
sainte Thérèse était atteinte d'hystérie, sont des symptômes
généraux dont on ne peut rien conclure rigoureusement. En effet,
la perte de la connaissance, les syncopes, les vomissements,
l'immobilité, les contractions musculaires, les convulsions, la
léthargie, la paralysie intermittente, les tremblements nerveux,
les accès de tristesse, les humeurs noires que vous avez constatés
dans diverses hystériques, mais non dans toutes, ne sont point
des caractères spéciaux de l'hystérie ; on les retrouve dans plusieurs autres affections tout à fait différentes, telles que la
névralgie, la catalepsie, l'épilepsie. les rhumatismes articulaires,
où parfois le patient, aussi immobile qu'une statue, ne peut
exécuter aucun mouvement, tandis qu'en proie à une fièvre
intense, il éprouve des douleurs contusives, lancinantes ou téré-
brantes dont la violence est telle qu'il ne peut s'empêcher de
crier (2). Il en est de même dans la colique néphrétique : la
douleur est tellement vive, déchirante, atroce, qu'elle arrache
des cris aux malades les plus courageux, dont l'anxiété est
extrême, qui ont des nausées, des vomissements, et se tordent
dans leurs lits, sans pouvoir rester un instant en repos, ni conserver aucune position stable (3). Mais sans parler de ces cruelles
maladies; voici une jeune femme qui éprouve de la courbature,
des maux de cœur, des bâillements continuels ; elle est incapable
de se livrer à aucune occupation ; elle s'isole, devient triste, de
mauvaise humeur ; ses idées sont confuses, sa mémoire infidèle ;
bientôt elle se plaint de douleurs de tête extrêmement vives,
lancinantes, accompagnées d'inappétence, de nausées, parfois
de vomissements et de malaise extrême. Voilà bien, d'après vous,

(1) P. HAHN, p. 10.
(2) Dr BOSSUT, art. « Rhumatismes articulaires. » *Anthropologie.*
(3) ID., *ibid.*, art. « Colique néphrétique. »

la plupart des symptômes de l'hystérie. Cette femme est-elle donc vraiment hystérique ? Pas le moins du monde : elle a simplement la migraine (1).

Quels sont donc les symptômes spéciaux qui caractérisent l'hystérie ? Aujourd'hui, de l'aveu de tous les médecins, ils sont parfaitement connus. L'hystérie, disent-ils, est un affolement chronique du système nerveux qui produit des effets *physiques* et des effets *psychiques*.

Au point de vue *physique*, on peut distinguer dans les hystériques deux états différents : l'état normal ou de calme, et l'état de crise.

Dans l'état normal, comme vous le constatez vous-même, mon Révérend Père, « le premier caractère que nous observons « chez les hystériques, est la perversion de la sensibilité ; elles « sont SOUVENT insensibles à la douleur. Généralement, c'est le « côté gauche qui est sujet à cette *analgésie*, quelquefois les « deux côtés, rarement le côté droit. On peut, sans provoquer la « moindre douleur, enfoncer des aiguilles dans les chairs sur « toute l'étendue du côté analgésié, au sommet de la tête, au « front, aux bras, aux mains. Ces derniers organes peuvent même « être percés de part en part sans que l'hystérique s'en ressente « le moins du monde : une des femmes de la Salpêtrière s'est « coupé le bout du sein par pure fantaisie et sans éprouver la « moindre douleur. Ce phénomène est d'autant plus remarquable « qu'il appartient à l'état normal de l'hystérique... où la malade « est complètement maîtresse de soi. Ainsi donc une femme qui « marche, agit, parle, se nourrit comme toute autre, peut cepen- « dant être meurtrie, blessée, sans rien éprouver qu'une sensa- « tion de résistance ou de pression ; car elle a ce privilège que le « tact subsiste sans la sensibilité à la douleur... La même main « qui a le toucher assez délicat pour manier des aiguilles, peut « être brûlée sans qu'aucune sensation désagréable se reflète sur « le visage de l'hystérique (2). »

Maintenant, je vous le demande, mon Révérend Père, pour- riez-vous citer dans la vie de sainte Thérèse un pareil phénomène, une pareille perversion de la sensibilité ou quelque chose qui en approche ? C'est cependant un état fréquent chez les hystériques

(1) BOSSUT, t. II, art. « Migraine » *Anthropologie*.
(2) HAHN, *Phén, hyst.*, p. 19.

en dehors des crises. Je ne parlerai pas ici de la perturbation de
la vue, de l'ouïe, du goût, du mouvement, que vous signalez chez
certaines hystériques. puisque dans les moments de relâche que
lui laissaient ses infirmités, sainte Thérèse n'éprouva jamais rien
de pareil.

Si maintenant de l'état de calme nous passons à l'état de crise,
nour remarquerons dans l'hystérie les *symptômes*, et les *phases*
ou périodes.

Dans la crise hystérique, les médecins énumèrent quatre
symptômes : 1° L'*Aura*, qui est comme le prodrôme de l'attaque :
« Les malades se trouvent comme transformées, toutes changées ;
« les contrariétés du présent les affectent vivement et les cir-
« constances les plus insignifiantes prennent à leurs yeux une
« importance exagérée... Les facultés affectives sont en même
« temps exaltées ou perverties. Elles deviennent irrésolues, in-
« quiètes, capricieuses, jalouses, soupçonneuses et très irritables.
« Elles ne peuvent supporter la moindre observation, et les
« personnes qui ont d'habitude quelque influence sur elles, per-
« dent tout leur ascendant. Elles ont envers leurs compagnes
« des élans d'amitié insolites ou des mouvements de haine tout
« instinctive (1) » A-t-on jamais remarqué rien de pareil dans
sainte Thérèse, toujours si calme, si maîtresse d'elle-même, si
patiente au milieu de ses plus grandes souffrances, si ferme, si
constante, si réglée, si affectueuse, si confiante ?

2° La *boule hystérique*, ainsi appelée parce que la malade
éprouve la sensation d'un corps rond, d'une boule, qui, partant
de l'hypogastre, monte jusqu'au cou où elle provoque un sentiment de constriction très pénible, puis redescend du cou à l'hypogastre. La boule hystérique étant un des symptômes les plus
ordinaires et les plus caractéristiques de l'hystérie, vous étiez
étonné que sainte Thérèse ne parlât point de suffocations dans la
description de sa maladie. Aussi, abandonnant en cette occasion
la traduction du P. Bouix pour recourir au texte original, et
vous appuyant sur la traduction d'Arnauld, de votre aveu souvent
si peu fidèle (2), vous vous efforcez de montrer les effets de la
boule hystérique dans la difficulté de respirer et d'avaler
qu'éprouva sainte Thérèse à la suite de la grande crise où elle
resta quatre jours sans connaissance. Mais est-ce possible ? Sainte

(1) Richer, *Études cliniques*, p. 3 ; — P. Hahn, *Phén. hyst.*, p. 118.
(2(P. Hahn, *Phén. hys.*, p. 113.

Thérèse nous atteste elle-même que cette difficulté de respirer et d'avaler provenait de son extrême faiblesse et de l'état de son gosier, tout à fait desséché depuis quatre jours qu'elle n'avait rien pris. En outre, cette difficulté était permanente et subsista constamment pendant une certaine période de sa maladie, tandis que la suffocation causée par la boule hystérique n'est que momentanée et cesse dès que la boule quitte le cou et redescend vers l'hypogastre : or, ce va-et-vient s'opère plusieurs fois dans l'espace d'une heure. Il est donc impossible d'assimiler ces deux symptômes. D'ailleurs, est-il croyable que la Sainte, qui entre dans de longs détails sur sa maladie, n'eût rien dit de ce singulier phénomène, si elle avait éprouvé quelque chose de semblable ?

3° Le *clou hystérique*. C'est une douleur très vive autour d'un point déterminé du crâne, comme si un clou y était enfoncé. Toutefois, ce point douloureux que le docteur Charcot appelle la *zone hystérogène*, parce qu'en appuyant sur ce point on peut produire ou faire cesser une crise hystérique, ne se trouve pas toujours à la tête ; il existe quelquefois à la poitrine ou ailleurs, mais toujours très circonscrit et ne dépassant pas un ou deux centimètres de diamètre.

4° Les convulsions, qui sont ordinairement d'un genre particulier. Vous le faites vous-même remarquer, mon Révérend Père, « une des positions les plus habituelles que prennent alors « les hystériques est l'*arc de cercle*. Dans cette singulière « attitude, la malade, l'abdomen soulevé en l'air, ne repose plus « que sur la tête et sur la pointe des pieds ; la tête parfois se « rapproche tellement des talons que le front regarde le sol et « sert de point d'appui antérieur (1). »

A-t-on jamais signalé, dans les diverses maladies de sainte Thérèse, aucun de ces symptômes particuliers à l'hystérie ?

Je pourrais vous faire remarquer encore, mon Révérend Père, que, d'après tous les médecins, l'hystérie est une maladie chronique dont les accès reviennent à des intervalles plus ou moins rapprochés. Or, la plupart des symptômes que vous signalez ne se sont montrés qu'une seule fois pendant la grande maladie de la Sainte : ils n'appartenaient donc pas à une maladie chronique. Dans les crises hystériques, il y a toujours, ou presque toujours,

(1) Pi HAHN, *Phén. hysté.*, p. 28.

un repos de quelques instants entre les attaques qui composent
une série. Une série dure rarement vingt-quatre heures, mais
jamais plus, après quoi la malade revient à son état normal. Or,
sainte Thérèse assure que, pendant trois mois, elle éprouva des
douleurs si intolérables qu'elle ne trouva ni jour ni nuit un
instant de repos. Sa maladie différait donc complètement de
l'hystérie.

Ce n'est pas tout : dans la crise hystérique, la malade passe
par quatre phases consécutives qui peuvent durer chacune plus
ou moins longtemps, mais qui se suivent ordinairement d'une
manière tout à fait régulière, ce qui a fait dire à quelqu'un que
c'était l'ordre dans le désordre. M. Charcot donne à ces phases
le nom de périodes hystériques.

Il y a 1° la période épileptoïde. « Tout à coup l'hystérique,
« prise de convulsions, perd connaissance et tombe de son haut,
« si elle n'est soutenue... Le corps devient raide et immobile et
« affecte souvent les attitudes les plus bizarres. La figure est
« grimaçante. Bientôt les membres sont agités de mouvements
« convulsifs peu étendus, mais qui ont parfois un aspect
« effrayant (1). »

Il y a 2° la période du *clownisme*, ainsi appelée, tant les
allures des malades sont parfois étranges et désordonnées, comme
celle des clowns. C'est alors que, renversées en arrière, elles
forment l'*arc de cercle*, position qu'elles semblent affectionner
de préférence à toute autre, et exécutent toutes les contorsions
imaginables.

C'est ce que le docteur Richer appelle « la période des tours
« de force qui exigent une souplesse, une agilité et une force
« musculaire bien faites pour étonner le spectateur et qui, au
« temps des convulsionnaires de Saint-Médard. avaient paru
« tellement au-dessus des forces de la nature, que l'intervention
« divine seule semblait devoir les expliquer (2). »

Il y a 3° la période des *attitudes passionnelles*. Les gestes
deviennent parlants. La malade envoie des baisers, fait des
gestes de menace, d'appel, de répulsion, de moquerie. C'est la
traduction fidèle des rêves auxquels l'hystérique est sujette en ce
moment.

---

(1) P. HAHN, *Phén. hyst.*, p. 26 et suiv.
(2) RICHER, *Études clin.*, p. 75.

Il y a enfin 4° la période *du délire*. « Les sens commencent à
« reprendre leurs fonctions ; la malade voit confusément les
« objets ; mais, sous l'empire de l'exaltation de l'imagination,
« elle les interprète faussement. Elle confond les personnes,
« voit des êtres imaginaires, généralement des animaux hideux
« et repoussants ; véritable cauchemar, mais où la parole est libre
« et les sens en partie actifs (1). »

« Les trois premières périodes qui constituent à proprement
« parler l'attaque, ont ensemble une durée moyenne d'un quart
« d'heure à une demi-heure. La quatrième période peut être fort
« courte, de quelques minutes seulement, ou se prolonger beau-
« coup plus longtemps... L'attaque d'hystéro-épilepsie se montre
« très rarement isolée, elle se répète plusieurs fois de suite pour
« former ce qu'on appelle des séries d'attaques... La série se
« prolonge pendant quatre, cinq heures, et même, mais *très*
« *rarement*, pendant un jour entier (2). »

C'est en vain, mon Révérend Père, que j'ai lu et relu les
passages où sainte Thérèse parle de ses maladies, je n'ai pu y
découvrir la plus petite trace de ces phases successives et de
ces étranges transformations accomplies en moins d'une heure.
Comment d'ailleurs comparer des maladies qui persistaient, sans
discontinuer, pendant des semaines et des mois entiers, avec
des crises hystériques dont la durée moyenne est d'un quart
d'heure à une demi-heure, et dont la série ordinairement ne se
prolonge guère au delà de quatre ou cinq heures, après quoi la
patiente revient à son état normal ?

Mais si les symptômes physiques de l'hystérie manquent ou
n'apparaissent que d'une manière confuse et très incertaine, dans
les affections morbides de sainte Thérèse, on peut affirmer sans
crainte que les symptômes psychiques font complètement défaut.
A votre avis « c'est même trop peu dire, car sous le rapport
« intellectuel et moral, elle était au pôle opposé des hystériques
« ordinaires (3), » Cependant les hommes les plus compétents
affirment que l'hystérie porte *nécessairement* le trouble dans les
opérations de l'intelligence. « Si l'on fait attention, dit le P. de
« Bonniot, au rôle prépondérant du système nerveux dans toutes
« les fonctions de la vie animale et intellectuelle, on comprendra

(1) P. Hahn, *Phén. hyst.*, p. 30. Richer, *Études clin.*, p. 147.
(2) Id., *ibid*, p. 178.
(3) Ibid.

« que les hystériques ayant les nerfs affolés, devront même hors
« des temps de crises, présenter des phénomènes bizarres... Dans
« cet état d'affolement dont nous parlons, l'âme perd en grande
« partie son autorité, elle tombe daus une condition que l'on
« pourrait appeler *passionnelle*, suivant le terme admirablement
« choisi par les anciens ; elle reflète presque exclusivement et BON
« GRÉ MAL GRÉ les états du système nerveux.... Pendant que
« l'imagination et la sensibilité s'exaltent, le jugement, la raison,
« l'attention, le bon sens sont *grandement affaiblis et doivent*
« *l'être* (1). »

« Cette maladie, dit encore le même auteur dans un autre
« endroit, atteint d'une manière au moins médiate ou *sympa-*
« *thique*, comme disent les hommes de l'art, tout le système
« nerveux cérébro-spinal ; elle affecte le cerveau, c'est-à-dire
« l'organe naturellement indispensable aux opérations des plus
« hautes facultés de l'âme. Les opérations de l'intelligence sont
« donc *fatalement* troublées chez l'hystérique ; l'imagination ac-
« quiert peut-être une sorte d'activité fébrile, mais cette activité
« est désordonnée et NÉCESSAIREMENT associée avec la mobilité,
« c'est-à-dire l'impuissance du jugement et de la pénétration
« de l'esprit. Du reste, toutes les observations, rapportées dans
« l'*Iconographie*, démontrent chez TOUTES les hystériques, un
« état mental où toutes les idées sont capricieuses et rarement
« d'accord avec le bon sens (2). »

Voici maintenant ce que dit sur le même sujet le docteur
H. Huchard, médecin de l'hôpital Tenon : « Toutes les diverses
« modalités de leur état mental que nous avons cherché à étudier,
« peuvent presque se résumer dans ces mots : *Elles ne savent*
« *pas, elles ne peuvent pas, elles ne veulent pas vouloir.*
« C'est bien, en effet, parce que leur volonté est toujours chan-
« celante et défaillante, c'est parce qu'elle tourne au moindre
« vent comme la girouette sur nos toits, c'est pour cette raison
« que les hystériques ont cette mobilité, cette inconstance et cette
« mutabilité dans leurs désirs, dans leurs idées ou leurs affections.
« C'est encore pour la même cause qu'elles manquent de franchise
« et qu'elles commettent souvent des mensonges, car elles laissent
« leurs pensées errer au gré de leur imagination vagabonde ou

---

(1) P. DE BONNIOT. « Les Prodiges de la Salpêtrière » *Rev. du Monde cath.*,
15 *janvier* 1883.
(2) ID., *ibid.*, 1er fév. 1883, art. « Les Prodiges ».

« déréglée, qu'elles sont impuissantes à diriger, comme si elles
« étaient sans cesse sous l'influence d'un empoisonnement par le
« haschich (1). » A quoi le P, de Bonniot ajoute : « Ces faits
« confirment admirablement ce que nous venons de dire touchant
« l'extrème mobilité d'esprit des hystériques, et par suite de
« l'*affaiblissement inévitable* de leur intelligence (2). »

D'où je tire cette conclusion : au témoignage de tous les docteurs, l'hystérie affaiblit et trouble *nécessairement, inévitable-
ment, fatalement* les facultés intellectueiles : or, de l'aveu de
tout le monde, sainte Thérèse avait un esprit parfaitement équi-
libré, une intelligence lucide, une volonté droite, un jugement
sain, un caractère ferme ; elle n'était donc pas hystérique.

A cela, vous répondez, mon Révérend Père, que « Thérèse
« souffrait d'une hystérie organique, mais qu'elle n'était nulle-
« ment atteinte d'hystérie intellectuelle (3). » Sur quoi est
fondée cette distinction ? Est-ce qu'il y aurait deux sortes d'hystérie : une hystérie *organique* et une hystérie *intellectuelle*
qui pourraient être isolées et exister indépendamment l'une de
l'autre ? Qu'un homme soit bossu et qu'il ait l'esprit de travers,
cela peut être ; mais ces deux affections ne dépendent pas l'une
de l'autre ; on peut être bossu et avoir beaucoup d'esprit, comme
on peut être un sot avec un corps très-bien conformé. Il n'en est
pas de même de ce que vous appelez l'hystérie *intellectuelle*, qui
ne peut exister en dehors de l'hystérie *organique* dont elle est
un effet nécessaire et inséparable, comme la chaleur est un effet
inséparable du feu. Donc, là où il n'y a pas de troubles intellec-
tuels, il n'y a pas d'hystérie, puisque les uns sont inséparables de
l'autre.

Pour mieux apprécier la force de vos arguments, je me suis
condamné à feuilleter les deux ouvrages sur lesquels vous vous
appuyez principalement pour soutenir votre opinion ; l'*Iconographie photographique de la Salpêtrière* et les *Études cliniques sur l'hystéro-épilepsie ou grande hystérie.* Or, après
cette dégoûtante lecture, j'ai admiré le courage qu'il vous avait
fallu pour oser faire un rapprochement entre les maladies de
sainte Thérèse et les crises des hystériques. Il m'a semblé, au
contraire, qu'il suffisait de lire quelques pages de ces deux

(1) H. Huchard, *Caractère, Mœurs, État mental des hystériques.*
(2) P. de Bonniot, *Revue du Monde cath.*, 1er fév. 1883.
(3) P. Hahn, *Phén, hyst.*, p. 178.

ouvrages, pour être convaincu qu'il était impossible d'établir aucun rapport entre ces deux états, aussi éloignés l'un de l'autre que le ciel l'est de l'enfer. Mais j'ai compris combien tout l'Ordre du Carmel a dû être froissé, en vous voyant assimiler certaines visions de son illustre Réformatrice aux hallucinations des misérables créatures renfermées à la Salpêtrière.

Que sainte Thérèse ait été d'une complexion très délicate, que dans la grande maladie qu'elle éprouva vers l'âge de vingt ans, sa constitution ait été profondément altérée par un traitement trop rigoureux, comme elle l'atteste elle-même ; que son estomac, ruiné par de trop nombreuses médecines, ne se soit jamais bien rétabli ; qu'elle ait été sujette à des crises épileptiformes et à des paralysies intermittentes, personne ne le conteste. Mais était-elle vraiment hystérique ? Rien ne l'indique : ni les symptômes physiques ni les symptômes psychiques, et si les impies, les rationalistes, les médecins matérialistes l'affirment sans hésiter, vous êtes, je crois, mon Révérend Père, le premier religieux qui ait émis cette opinion. Vous me pardonnerez de ne pas la partager.

IV

En lisant pour la première fois votre dissertation, je ne m'expliquais pas pourquoi vous teniez si fort à prouver que sainte Thérèse était hystérique ou, pour me servir de vos expressions, avait une organisation hystérique. Je ne tardai pas à le comprendre. C'est que vous vouliez établir une distinction entre les apparitions diaboliques et les apparitions divines ; attribuer les premières à des illusions, à des hallucinations provenant de l'organisation hystérique, et admettre seulement la réalité des secondes.

« Il y a dans la vie de sainte Thérèse, dites-vous, deux espèces « de phénomènes qu'il importe de bien distinguer. La première « comprend les apparitions diaboliques et les peines corporelles « qu'elle croyait lui avoir été infligées par le démon ; la seconde, « les extases, les visions et les révélations ayant, d'après elle, « une origine manifestement divine (1). »

(1) P, HAHN, Phén. hyst., p. 136.

Puis, après avoir rappelé les diverses manifestations diaboliques que la Sainte raconte au XXXIe chapitre de sa vie, vous ajoutez : « Nous ne prétendons point forcer un rationaliste à « admettre l'intervention d'une cause étrangère à ce monde dans « ce qui peut être expliqué par les agents naturels. Nous le « laisserons donc parfaitement libre de rejeter toute interven- « tion surnaturelle pour les phénomènes que nous venons de « rapporter (1). »

Un peu plus loin vous devenez plus affirmatif : « L'intervention « réelle du démon dans les circonstances de la vie de sainte « Thérèse rapportées plus haut, n'est donc pas suffisamment « manifeste (2). »

Enfin vous finissez par avouer qu'à votre avis la Sainte s'est fait illusion sur ce point : « Les manifestations extraordinaires, « dont elle fut l'objet se divisent en deux classes : aux unes, elle « attribue le démon pour auteur ; les autres, elle les rapporte à « la Divinité, comme à leur source. . Ces deux espèces de modi- « fications internes ne sont point solidaires l'une de l'autre ; le « défaut de science médicale pouvait fausser l'interprétation des « premières, si exacte qu'en eût été l'observation. A NOTRE AVIS, « C'EST CE QUI EST ARRIVÉ (3). »

Ainsi, mon Révérend Père, vous reconnaissez non seulement que sainte Thérèse pouvait se tromper, mais vous allez plus loin et vous déclarez qu'à votre avis elle s'est en effet trompée. Ainsi les apparitions du démon, les tourments qu'il faisait endurer à la Sainte, tout cela était des hallucinations, des illusions provenant d'une constitution hystérique. Mais, s'il en est ainsi, vous sapez par la base, ce me semble, tout l'édifice de votre démonstration. En effet, sur quoi vous appuyez-vous pour prouver la réalité des communications surnaturelles et divines dont sainte Thérèse fut favorisée ? Vous auriez pu, à l'exemple de la plupart des théologiens, montrer que ses extases et ses visions différaient du tout au tout des crises et des rêves des hystériques. Mais ce procédé ne vous a pas paru assez scientifique. Comme vous le dites : « Quand un fait de ce genre date de trois siècles, on conçoit « aisément que les détails transmis par le témoignage incomplet « des documents historiques, puissent être insuffisants pour

(1) P. HAHN, *Phén. hyst.*, p. 139.
(2) Id., p. 144.
(3) Id., p. 179.

« démontrer directement sa nature (1). » Aussi, laissant de côté
ces moyens de preuve, vous vous en rapportez uniquement à
l'ensemble des témoignages de sainte Thérèse. Toute votre
démonstration repose sur cette double proposition : Sainte
Thérèse avait une intelligence trop nette et trop étendue, un
esprit trop vif et trop pénétrant, un jugement trop sain et trop
éclairé, pour se tromper sur la réalité de ces visions et de ces
communications surnaturelles; elle avait un caractère trop noble
et une conscience trop délicate pour vouloir tromper; donc son
témoignage est irrécusable. Or, « elle ne dit pas seulement : il
« me *semblait*... Je *croyais*... mais elle sait, elle affirme que
« Notre-Seigneur est près d'elle, avec plus d'évidence que si elle
« le voyait de ses propres yeux. C'est une connaissance plus
« claire que le soleil. Voilà ce qu'elle assure, non pas une fois,
« mais partout et toujours dans ses écrits, non seulement au
« début de ses visions, mais longtemps après le commencement
« de cet état extraordinaire. Quand un esprit habitué à l'exacti-
« tude dans la description des phénomènes... affirme simplement,
« catégoriquement, sans émotion, avec le plus grand calme, qu'il
« est certain de la certitude la plus absolue; quand il répète
« cette affirmation à satiété pour un fait qu'il a eu l'occasion
« d'observer d'une manière constante, pendant plus d'un an sans
« interruption, il est difficile, quelque sceptique qu'on puisse être,
« de refuser son assentiment et de conserver encore de la
« défiance (2). »

Et voilà que par une espèce de contradiction, vous déclarez
que cette femme d'une intelligence si vaste, d'un esprit si pénétrant, d'un jugement si sûr, une femme dont on ne peut sus-
pecter la véracité et la bonne foi, se trompe complètement, quand
elle affirme qu'elle a vu très-souvent le démon et qu'elle a été
tourmentée par lui. Mais, s'il en est ainsi, si elle s'est trompée sur
ce point, comment pouvez-vous affirmer qu'elle ne s'est point
trompée sur l'autre? Si l'apparition du démon était une illusion,
pourquoi l'apparition de Jésus-Christ n'était-elle pas une illusion?
Voilà deux manifestations surnaturelles, également attestées par
sainte Thérèse : pourquoi admettez-vous son témoignage pour
l'une et le rejetez-vous pour l'autre? Vous avez très-bien senti,

(1) P. Hahn, *Phén. hyst.*, p. 176.
(2) Id., p. 163.

mon Révérend Père, que les rationalistes et les sceptiques ne manqueraient pas de vous faire cette objection, et vous avez essayé d'y répondre à l'avance.

« Jamais, dites-vous, sainte Thérèse n'a donné aux appari-« tions diaboliques la même importance qu'aux apparitions « divines (1). » Voudriez-vous dire par là, mon Révérend Père, que la Sainte n'a prêté aux premières qu'une attention superfi-cielle et qu'elle en a parlé à la légère? Le caractère de la Sainte, le but de son ouvrage, l'ensemble de sa narration ne permettent pas de faire une pareille supposition. Voudriez-vous dire que la Sainte insiste beaucoup plus sur les secondes que sur les pre-mières? Vous en donnez vous-même la raison : c'est que les apparitions diaboliques devaient avoir peu d'influence sur la conduite de sa vie, et qu'il n'en était pas ainsi des autres. Au reste la question n'est pas là. Il s'agit du témoignage de sainte Thérèse. Croyait-elle à la vérité de ces diverses apparitions? Les tenait-elle pour également certaines? Est-elle aussi claire, aussi précise, aussi affirmative, quand elle parle des unes et des autres? Il est impossible d'en douter. Il faut donc admettre ou rejeter son témoignage pour les unes comme pour les autres. L'importance qu'elle a pu attacher à ces diverses manifestations, ne modifie en rien la valeur de son témoignage formel.

La seconde raison que vous donnez pour prouver que ces visions diaboliques provenaient de causes naturelles, c'est la complète identité qui existe entre les visions de sainte Thérèse et les visions des hystériques. Ensuite, insistant sur une appari-tion du démon, rapportée par la Sainte, un jour qu'elle souffrait si cruellement que, par un mouvement irrésistible, elle se frap-pait contre ce qui l'entourait, vous ajoutez : « Les coups violents, « répétés, qu'on se porte à soi-même, les apparitions étranges et « fantastiques, se retrouvent en effet fréquemment dans l'his-« toire de l'hystérie (3). » Puis vous citez de nombreux exemples de phénomènes observés chez diverses malades : convulsions, hallucinations, délire, apparitions célestes ou infernales, etc. D'où vous concluez que « l'intervention réelle du démon dans les « circonstances de la vie de sainte Thérèse rapportées plus « haut, n'est donc pas suffisamment manifeste (3). »

(1) P. Hahn, *Phén, hyst.*, 156.
(2) Id., p. 139.
(3) Id., p. 144.

J'admets assez volontiers que, si l'on s'arrête à certaines circonstances extérieures de cette apparition, à l'état de crise et
d'atroces souffrances où elle se trouvait, on pourra nous contester le droit de soutenir que, dans le fait raconté par sainte
Thérèse, il faut reconnaître l'action de l'esprit infernal, puisque,
d'après vous, « l'hystérie reproduisant identiquement les phéno-
« mènes signalés par la Sainte, on ne peut dire que ces der-
« niers, si singuliers qu'ils soient, dépassent la force de l'homme
« et requièrent l'intervention d'un esprit supérieur à l'humanité
« par sa nature et sa puissance (1). » Mais nous avons le
témoignage de la Sainte, et ce témoignage si clair et si précis ne
permet pas de confondre l'apparition dont elle parle avec une
hallucination hystérique. En effet, toutes les malades que vous
citez, étaient en délire et n'avaient aucune connaissance ration-
nelle de ce qu'elles disaient ou de ce qu'elles faisaient, tandis
que dans le fait rapporté par sainte Thérèse, la Sainte conserve
l'entière possession d'elle-même, la plénitude de son intelligence, de sa volonté et de sa raison. Pour s'en convaincre, il
suffit de lire l'abrégé de son récit, d'après ses propres paroles ;
« Ressentant des douleurs intolérables, sans en reconnaître la
« cause, je me recommandais à Dieu du fond de l'âme, lui
« demandant la patience, faisant des actes intérieurs de rési-
« gnation. Alors il plut à Notre Seigneur de me faire voir que
« ces souffrances venaient du démon ; j'aperçus près de moi un
« petit nègre d'une figure horrible, qui grinçait des dents,
« désespéré d'essuyer une perte là où il croyait trouver un gain.
« Je me mis à rire et n'eus point peur... L'ennemi se déchaînait
« contre moi avec une telle fureur que, par un [mouvement irré-
« sistible, je me donnais de grands coups, heurtant de la tête,
« des bras et de tout le corps contre ce qui m'entourait... Je
« n'osais demander de l'eau bénite, de peur d'effrayer mes com-
« pagnes et de leur faire connaître d'où cela venait... Mais
« comme mon tourment ne cessait point, je dis à mes sœurs que,
« si elles ne devaient pas en rire, je demanderais de l'eau bénite.
« Elles m'en apportèrent ; j'en jetai du côté où était l'esprit de
« ténèbres, et à l'instant il s'en alla. Tout mon mal me quitta de
« même que si on me l'avait enlevé avec la main (2). »

(1) P. Hahan, *Phén. hyst.*, p. 145.
(2) *Vie de sainte Thérèse*, ch, XXXI.

Véritablement, peut-on comparer l'état où se trouvait alors sainte Thérèse, avec celui de ces hystériques qui parlent, crient, chantent, rient, pleurent, se débattent, se déchirent, injurient et frappent les personnes présentes, sans savoir ni ce qu'elles disent, ni ce qu'elles font, et qui, après la crise, en conservent tout au plus un souvenir confus ? Mais si, malgré tout cela, le témoignage de la Sainte vous paraît encore suspect, à cause des souffrances aiguës qu'elle éprouvait, comment pourrez-vous le contester, quand elle affirme que le démon lui est apparu plusieurs fois, alors que, tranquillement retirée dans un oratoire, elle était occupée à méditer ou à réciter de pieuses oraisons, exercices qu'elle continue après avoir chassé le démon par le moyen de l'eau bénite (1) ?

A cela vous objectez, mon Révérend Père, que les manifestations diaboliques n'ont pas le même caractère d'authenticité que les manifestations divines (2).

On peut contester l'authenticité d'un fait, ou parce que celui qui le rapporte est d'une véracité douteuse, ou parce qu'il s'exprime d'une manière vague, obscure, ambiguë, ou parce que, au moment où le fait s'accomplissait, il était dans un état qui ne lui permettait pas de bien l'observer, comme l'état de sommeil, de délire ou d'ivresse. Évidemment, on ne peut rien opposer de pareil au récit de sainte Thérèse. Et à ce propos, il me semble, mon Révérend Père, que vous commettez une erreur, quand vous avancez que c'est par une interprétation de son esprit et par un mouvement spontané de son intelligence (3) que « la Sainte « attribue au démon certaines manifestations qu'elle perçoit des « yeux de son âme ». La Sainte n'interprète rien du tout ; elle constate simplement un fait, ce qui est tout différent. Sur mille personnes qui peuvent très bien constater certains phénomènes, il ne s'en trouvera peut-être pas dix capables de les apprécier. Et ce qui prouve combien sainte Thérèse était réservée dans ses appréciations, c'est que vous lui prêtez une interprétation dont elle s'est bien gardée. « Dans l'esquisse biographique du cha- « pitre vᵉ, dites-vous (4), nous l'avons vue signaler une apparition « du démon sous la forme d'un énorme crapaud qui aurait été

(1) *Vie de sainte Thérèse*, ch. xxxi.
(2) P. HAHN, *Phén. hyst.*, p. 136.
(3) Ibid.
(4) Ibid., p. 136.

« visible aussi pour ses compagnes. » Or, voici mot pour mot
le récit de la Sainte : « Un jour que je causais avec une personne
« (dont l'entretien lui plaisait beaucoup, mais qui déplaisait à
« Notre-Seigneur, comme il le lui avait fait connaître), un
« étrange spectacle frappa soudainement notre vue ; d'autres
« personnes qui étaient présentes, en furent également témoins.
« Nous vîmes venir vers nous une espèce de monstre semblable
« à un crapaud d'une grandeur plus qu'ordinaire, mais beaucoup
« plus rapide dans sa course. Il m'a été impossible de m'expliquer
« comment, au lieu d'où il vint, il pouvait y avoir en plein midi
« un animal de ce genre, et jamais de fait on n'en avait vu là.
« L'impression que j'en reçus ne me semblait pas sans mystère.
« C'est un de ces avertissements dont je n'ai jamais perdu le sou-
« venir (1). » Voilà toute l'interprétation que donne sainte Thérèse à l'apparition de cet énorme crapaud. Mais du démon, pas
un mot. C'est vous, mon Révérend Père, qui transformez ce
crapaud en apparition diabolique.

Quand la Sainte parle de ces sortes de visions, ses paroles sont
si claires et si précises qu'elles ne laissent place à aucun doute.
Elle n'est pas plus affirmative quand il s'agit des révélations de
Notre-Seigneur. Pour s'en convaincre, il suffit de mettre en
regard une apparition diabolique et une apparition divine : « Je
« me trouvais un jour dans un oratoire, lorsque le démon m'ap-
« parut à mon côté gauche, sous une forme affreuse. Pendant
« qu'il me parlait, je remarquai particulièrement sa bouche : elle
« était horrible. De son corps sortait une grande flamme, claire
« et sans mélange d'ombre. Il me dit, d'une voix effrayante,
« que je m'étais échappée de ses mains, mais qu'il saurait bien
« me ressaisir. Ma crainte fut grande ; je fis comme je pus le
« signe de la croix : il disparut, mais il revint aussitôt ; mis en
« fuite par un nouveau signe de croix, il ne tarda pas à repa-
« raître. Je ne savais que faire : enfin je jetai de l'eau bénite du
« côté où il était, et il ne revint plus (2). »

Voici maintenant le récit d'une apparition de Notre-Seigneur :
« Le jour de la fête du glorieux saint Pierre, étant en oraison,
« je vis, ou pour mieux dire, — car je ne vis rien, ni des yeux
« du corps ni des yeux de l'âme, — je sentis près de moi Notre-

(1) *Vie de sainte Thérèse*, trad. du P. Bouix, ch. vii.
(2) Id., ch. xxxi.

« Seigneur Jésus-Christ, et je voyais que c'était lui qui me
« parlait. Comme j'ignorais complètement qu'il pût y avoir de
« semblables visions, j'en conçus une grande crainte au com-
« mencement, et je ne faisais que pleurer. A la vérité, dès que
« cet adorable Maître me disait une seule parole pour me
« rassurer, je demeurais, comme de coutume, calme, contente et
« sans aucune crainte. Il me semblait qu'il marchait toujours
« à côté de moi ; néanmoins, comme ce n'était pas une vision
« imaginaire, je ne voyais pas sous quelle forme. Je connaissais
« seulement, d'une manière fort claire, qu'il était toujours à mon
« côté droit, qu'il voyait tout ce que je faisais, et, pour peu que
« je me recueillisse ou que je ne fusse pas extrêmement distraite,
« je ne pouvais ignorer qu'il était près de moi (1). »

Voilà deux apparitions racontées par la Sainte : est-ce que.
son témoignage n'est pas aussi formel, aussi positif dans la première narration que dans la seconde ? Est-ce que ces deux récits
ne portent pas également le cachet de la vérité ?

Il y a, répondez-vous, une grande différence entre ces deux
apparitions : la dernière vision était purement intellectuelle, et
il était impossible à la Sainte de se tromper sur sa réalité, tandis
que la première était une vision imaginaire, sur laquelle l'illusion était facile (2).

Si je comprends bien votre pensée, mon Révérend Père, la
vision intellectuelle, c'est la vérité connue par intuition, c'est la
vérité infuse, comme dit sainte Thérèse (3). En d'autres termes,
un des caractères de la vision intellectuelle, c'est d'être essen-
tiellement vraie, parce qu'elle met l'esprit en présence même des
réalités (4). Or, ajoutez-vous, « la conscience que nous avons
« des opérations intérieures de notre âme est infaillible quand
« on s'en tient exactement à ce qu'elle rapporte ; mais il n'y a
« pas de doute qu'on puisse se tromper dans l'interprétation de
« ce qui ne se manifeste pas au dehors et se trouve exclusive-
« ment renfermé dans la partie la plus intime de notre être. Les
« révélations surtout et les visions demandent à être contrôlées,
« et il ne faut pas croire à leur réalité par ce fait seul que le
« sujet de ces phénomènes affirme de très bonne foi la certitude

(1) *Vie de sainte Thérèse*, trad. du P. Bouix, ch. xxvii.
(2) P. Haus, *Phén. hyst.*, p. 162.
(3) *Vie de sainte Thérèse*, ch. xxvii.
(4) J. Ribet, *la Mystique divine*, t. III, p. 561.

« d'avoir entendu des paroles divines et d'avoir vu Notre-
« Seigneur.

« Les hallucinations que nous avons observées chez les hysté-
« riques, les images diaboliques qui poursuivaient la Sainte,
« avaient pour origine l'exaltation de la faculté imaginatrice,
« capable, sous l'influence de certaines excitations organiques,
« de reproduire les objets corporels avec une vivacité de cou-
« leurs égale à celle des sens. La confusion entre les perceptions
« sensitives et les représentations imaginatives devient alors
« aisée, puisque les deux espèces d'images ont une ressemblance
« parfaite ; et comme l'esprit, en présence des objets manifestés
« par les facultés sensitives, est habitué à conclure à leur réalité,
« il est entraîné également, dans le cas que nous considérons,
« à attribuer à son insu une existence extérieure aux fantômes
« créés de toutes pièces par l'imagination (1). » « Et c'est, à
« votre avis, ce qui est arrivé à sainte Thérèse, » ajoutez-vous
en terminant votre dissertation (2).

Tout cela est magistralement dit ; mais vous conviendrez, mon
Révérend Père, que tout cela est bien subtil pour le commun des
mortels et peu propre à porter la lumière et la conviction dans
l'esprit des sceptiques et des incrédules.

Ce n'est pas tout : sainte Thérèse a cru à la réalité de ces
apparitions jusqu'à son dernier soupir. Mais si elle ne s'est
jamais aperçue de son erreur, elle était donc beaucoup moins
intelligente que plusieurs hystériques de la Salpêtrière qui, au
témoignage du docteur Richer, se rendent très-bien compte de
l'illusion dont elles ont été le jouet. Parmi plusieurs exemples
vous en citez vous même un qui a quelque rapport avec les
visions de notre Sainte : « G... voit souvent dans l'angle de la
« salle où elle couche, un grand homme noir, poilu, immobile,
« couvert d'un suaire. Il est maigre, pâle, et roule de gros yeux
« noirs. Elle est saisie d'effroi, tout en ayant conscience de
« l'illusion dont ses sens sont l'objet. Alors elle s'arme de cou-
« rage, se lève, va au-devant du fantôme ; elle tend la main,
« mais il a déjà disparu. A peine est-elle de retour à son lit, que
« l'effrayante vision reparaît à la même place (3) » La même
chose arriva à Silvio Pellico pendant qu'il était sous les *plombs*

(1) P. HAHN, *Phén. hist.*, 162.
(2) ID., *ibid.*, p. 178.
(3) RICHER, *Etudes clin.*, p. 12.

de Venise. Chaque nuit il voyait des fantômes qui le remplissaient de terreur; mais dès que le jour revenait, il reconnaissait son erreur (1). Peut-on supposer que sainte Thérèse, dont on vante l'intelligence supérieure, ne se soit jamais aperçue qu'elle était la dupe de son imagination surexcitée?

Mais voici une bien autre difficulté. Si les visions imaginaires ue présentent pas un caractère de certitude suffisant pour exclure toute espèce de doute; si elles sont souvent le produit de l'imagination exaltée et surexcitée; si, à votre avis, sainte Thérèse se trompait quand elle croyait voir le démon, elle se trompait donc aussi quand elle croyait voir la très sainte Humanité de Notre-Seigneur! Elle se trompait donc quand elle croyait voir la sainte Vierge, saint Joseph ou les saints Anges? « Non, répondez-vous, « parce que les visions même imaginaires de la Sainte ont un « caractère qui tranche nettement avec les représentations cor- « respondantes des malades auxquelles on voudrait la comparer. « Les objets reproduits dans les rêves de l'hystérie, tout diffé- « rents qu'ils puissent être des objets réels, sont cependant formés « des mêmes éléments que ces derniers... Thérèse, au contraire, « avoue son impuissance à exprimer la nature des objets sensibles « perçus dans ses visions : « On sent, dit-elle, quand on veut « écrire de telles choses, une impuissance qui tue (2). »

Il me semble, mon Révérend Père, qu'ici vous généralisez beaucoup trop. Vous appliquez à toutes les visions ce que la Sainte dit seulement de la vision de la très sainte Humanité de Notre-Seigneur. Quant aux autres, elle ne montre aucun embarras pour en donner une idée. « Le jour de l'Assomption, raconte-t-elle... « j'aperçus la très sainte Vierge à mon côté droit et mon père « saint Joseph à mon côté gauche... Je ne pus saisir rien de par- « ticulier dans les traits du visage de la sainte Vierge, je vis « seulement en général qu'il était d'une ravissante beauté... Je « ne vis pas si clairement saint Joseph... Il me sembla que la « très sainte mère de Dieu était dans toute la fleur de la jeu- « nesse (3). » « Un autre jour, tandis qu'après Complies nous « étions toutes en oraison dans le chœur, la très sainte Vierge « m'apparut; elle était environnée d'une très grande gloire et por-

(1) SILVIO PELLICO, Mes Prisons, ch. XLIII.
(2) P. HAHN, Phen. hyst., p. 170.
(3) Vie de sainte Thérèse, ch. XXXIII.

« tait un manteau blanc sous lequel elle nous abritait toutes (1). »
« La première année que je fus Prieure du monastère de l'In-
« carnation d'Avila, la veille de Saint-Sébastien, lorsqu'on com-
« mençait à chanter le *Salve Regina*, je vis la Mère de Dieu,
« environnée d'une grande multitude d'anges, descendre vers la
« stalle de la Prieure où se trouvait une statue de Notre-Dame
« du Mont-Carmel et occuper elle-même cette place. Dans ce
« moment l'image disparut à mes yeux et je ne vis plus que cette
« divine Mère. Je trouvai qu'elle ressemblait un peu à l'image
« que m'a donnée la Comtesse ; mais je n'eus pas assez de temps
« pour saisir cette ressemblance. J'entrai presque aussitôt en
« extase (2). »

Elle n'est pas plus embarrassée, quand elle parle des apparitions angéliques. « Voici une vision dont le Seigneur daigna me
« favoriser à diverses reprises. J'apercevais près de moi, du côté
« gauche, un ange sous une forme corporelle. Il est extrèmement
« rare que je les voie ainsi. Quoique j'aie très souvent le bonheur
« de jouir de la présence des anges, je ne les vois que par une
« vision intellectuelle, semblab'e à celle dont j'ai parlé en pre-
« mier lieu. Dans celle-ci, le Seigneur voulut que l'ange se
« montrât sous une forme sensible aux yeux de mon âme. Il
« n'était point grand, mais petit et très beau ; à son visage
« enflammé, on reconnaissait un de ces esprits d'une très haute
« hiérarchie, qui ne sont, ce semble, que flamme et amour (3). »

Et quand bien même on appliquerait à toutes les visions imaginaires de sainte Thérèse ce qu'*elle dit de l'impuissance où elle*
était de donner une idée de la beauté de Notre-Seigneur, cela
suffirait-il pour prouver que les visions étaient réelles et ne
pouvaient être l'effet d'une imagination surexcitée, comme d'a-
près vous il arrivait à la Sainte, quand elle croyait voir le démon ?
Ne sait-on pas que toutes les personnes douées d'une imagination
vive, les poètes, les peintres, les artistes de génie, ont dans l'esprit un idéal de beauté et de perfection qu'ils ne peuvent ni
rendre, ni exprimer, et qui n'a jamais existé ? A mon idée,
l'impuissance où l'on est de rendre compte d'un phénomène, ne
prouve rien pour ou contre sa réalité.

(1) *Vie de sainte Thérèse,* ch. xxxvi.
(2) Id. *Additions à la vie de sainte Thérèse.*
(3) *Vie de sainte Thérèse,* ch. xxix.

Mais à quoi bon insister sur ces questions difficiles, puisque
d'un seul mot sainte Thérèse montre l'inutilité des distinctions
que vous voulez établir, soit entre les visions imaginaires et les
visions intellectuelles, soit entre les divers degrés de certitude
que présentent les visions imaginaires ? Pour soutenir votre
opinion, vous semblez supposer que toutes les apparitions diaboliques étaient des visions imaginaires ; or notre Sainte affirme
elle-même que c'était précisément le contraire qui avait lieu
ordinairement : « Je l'ai vu rarement sous quelque figure, mais
« il m'est *très souvent* apparu sans en avoir aucune, comme il
« arrive dans les visions intellectuelles où, ainsi que je l'ai dit,
« l'âme voit clairement quelqu'un présent, bien qu'elle ne
« l'aperçoive sous aucune forme (1). »

Vous n'avez pu méconnaître, mon Révérend Père, que ces
quelques paroles de sainte Thérèse portaient un coup terrible à
votre thèse. Aussi, pour tâcher de l'esquiver et sauvegarder en
même temps votre bonne foi, vous citez ce passage dans une
petite note, en ajoutant négligemment « que vous ne prétendez
« pas vous occuper des manifestations diaboliques où la Sainte
« percevait la présence du démon sans qu'il apparût sous une
« forme sensible (2). » Mais, vous répondra un de ces terribles
ergoteurs qui ne sont jamais contents, pourquoi ne l'avoir pas
dit tout d'abord ? Pourquoi parler des visions diaboliques en
général, dans tout le cours de votre dissertation, et n'avoir fait
cette distinction que dans une petite note placée au bas d'une
page et qui pouvait passer inaperçue ? Pourquoi insister si
longuement sur des apparitions qui ont été très rares, et passer
sous silence celles qui ont été très fréquentes ? Pour éluder ces
reproches, vous essayez d'enlever toute importance et toute
signification à ce malencontreux passage de sainte Thérèse, en
ajoutant : « Cette brève indication, jetée incidemment au milieu
« du chapitre XXIe, ne nous fournit pas assez d'éléments pour
« porter un jugement définitif sur la réalité ou la fausseté de
« ces manifestations d'un genre tout spécial (3). » Quiconque
essaiera de lire entre les lignes de cette phrase un peu ambiguë,
pourra, ce me semble, soupçonner, sans vous faire injure, que
vous ne croyez guère à la réalité de ces apparitions. Mais si vous

---

(1) *Vie de sainte Thérèse*, ch. XXXI.
(2) P. HAHN, *Phén. hyst.* Note, p. 111.
(3) Id. Note, p. 111.

n'y croyez pas, que devient tout ce que vous avez dit sur la
certitude qu'emporte avec elle la vision intellectuelle : et si vous
y croyez, que devient tout ce que vous avez dit des apparitions
diaboliques de sainte Thérèse ?

Il m'en coûte de vous le dire, mon Révérend Père, mais aucun
de ceux qui ont lu attentivement la vie de sainte Thérèse, écrite
par elle-même, n'admettra votre explication embarrassée. En
effet, ce passage n'est pas seulement, comme vous le prétendez,
une brève indication jetée incidemment au milieu du chapitre xxxi\ :c'est, au contraire, le complément de tout ce qu'elle
a dit sur cette matière, dans ce chapitre et dans celui ⌐qui
précède.

Résumons en peu de mots toute sa narration :

Lorsque le Seigneur commença à se faire entendre à sainte
Thérèse, elle fut remplie d'effroi et d'inquiétude, craignant que ce
ne fût un artifice du démon. Mais sa douleur devint inexprimable,
quand cinq ou six grands serviteurs de Dieu, après s'être consultés ensemble, lui firent déclarer par son confesseur, qu'à leur
avis ce qu'elle éprouvait venait du démon. Un jour qu'elle était
plongée à cause de cela dans une extrême affliction, elle entendit
au fond de son âme, quoiqu'elle n'eût pas encore eu de vision,
une voix qui lui disait : « N'aie point de peur, ma fille, car c'est
« moi, je ne t'abandonnerai point ; bannis toute crainte. » —
« Et voilà qu'à ces seules paroles, dit la Sainte, je sentis
« renaître la sérénité ; au triste état de mon âme succédèrent
« soudain la force, le courage, la paix, la lumière... Je disais
« aux démons : maintenant, venez tous ; étant la servante du
« Seigneur, je veux voir ce que vous me pouvez faire Je puis
« affirmer qu'à dater de cette époque, ces malheureux esprits
« avaient peur de moi ; de mon côté, au contraire, je les crai-
« gnais si peu et je demeurai si tranquille, que toutes mes
« appréhensions s'évanouirent. Ils m'ont quelquefois apparu, il
« est vrai, comme on le verra par mon récit ; mais loin de
« m'inspirer la moindre crainte, ils semblaient plutôt saisis
« d'effroi à mon aspect. Par un pur don du souverain Maître, j'ai
« gardé sur eux un tel empire, que je n'en fais pas plus de
« cas que des mouches. Je les trouve pleins de lâcheté ; dès qu'on
« les méprise, tout courage les abandonne. Ils ne savent attaquer
« que ceux qu'ils voient se rendre à discrétion. Et si Dieu leur
« permet de tenter et de tourmenter quelques-uns de ses servi-

« teurs, ce n'est que pour éprouver leur vertu et accroître leur
« sainteté (1). »

C'est ce qui arriva à sainte Thérèse. « Le Seigneur, dit-elle,
« donne pouvoir au démon de me tenter, comme il le lui donna
« de tenter Job ; mais, à cause de ma faiblesse, il ne lui permet
« pas de me tenter avec une pareille rigueur. Un de ces terribles
« assauts me fut livré, je m'en souviens, l'avant-veille de la fête
« du très saint Sacrement... Il ne dura cette fois que jusqu'au
« jour de la solennité. Mais, d'autres fois, il a duré huit jours,
« quinze jours, trois semaines, peut-être même plus longtemps...
« Le démon remplissait tout à coup mon esprit de choses si fri-
« voles, qu'en un autre temps je n'aurais fait qu'en rire. Il paraît
« être alors maître de l'âme pour l'occuper, ainsi qu'il lui plaît,
« de mille folies, sans qu'elle puisse penser à rien de bon. Il ne lui
« représente que des choses vaines, insensées, inutiles à tout,
« qui ne servent qu'à l'embarrasser et comme à l'étouffer, de
« telle sorte qu'elle n'est plus à elle-même. Pour donner une
« idée de ce supplice, je dirai que les démons jouaient avec ma
« personne comme ils auraient joué avec une balle, et sans qu'il
« me fût possible de m'échapper de leurs mains (2). »

Poursuivant son sujet, sainte Thérèse commence ainsi le chapitre suivant : « Après avoir parlé de quelques tentations et de
« quelques troubles intérieurs et secrets qui me venaient du
« démon, je veux en rapporter d'autres dont j'étais assaillie
« presque en public, et où l'action de cet esprit de ténèbres était
« visible (3). » Et alors elle raconte les diverses apparitions dont
nous avons déjà parlé, puis elle ajoute : « Je pourrais, mon Père,
« rapporter ici un très-grand nombre de tourments qu'ils m'ont
« fait souffrir, mais j'aime mieux supprimer un récit qui vous
« fatiguerait. Ce que je viens de dire suffit pour montrer au vrai
« chrétien le mépris qu'il doit faire de ces fantômes par lesquels
« les démons cherchent à l'épouvanter. » Enfin, en terminant,
avant de passer à un autre sujet, elle explique comment le démon
lui apparaissait : « Je l'ai vu rarement sous quelque figure, mais
« il m'est très souvent apparu sans en avoir aucune, comme il
« arrive dans les visions intellectuelles, où, ainsi que je l'ai dit,

---

(1) *Vie de sainte Thérèse*, ch. xxv.

(2) Id. ch. xxx.

(3) Id. ch. xvxi.

« l'âme voit clairement quelqu'un présent, bien qu'elle ne l'aper-
« çoive sous aucune forme (1). »

N'ai-je pas eu raison de dire que ce passage n'était pas une
simple phrase jetée incidemment au milieu d'un chapitre, mais
qu'il était le complément de tout ce que la Sainte avait dit sur
cette matière ?

C'est donc en vain, mon Révérend Père, que vous cherchez à
établir une distinction entre les apparitions divines et les apparitions diaboliques, et que vous prétendez pouvoir admettre les
unes et rejeter les autres. Le texte de sainte Thérèse ne le
permet pas. Les diverses apparitions se sont toutes produites de
la même manière ; elles sont toutes tantôt intellectuelles et tantôt
imaginaires ; elles sont toutes perçues des yeux de l'âme, jamais
des yeux du corps. Le témoignage de la Sainte est formel. Il faut
donc l'admettre ou le rejeter pour les unes comme pour les
autres.

Plus je relis votre dissertation et moins je comprends les
motifs qui vous ont engagé à soutenir que sainte Thérèse était
sujette à des attaques d'hystérie, et que, chez elle, les apparitions
diaboliques n'avaient rien de réel, mais provenaient de l'exaltation de la faculté imaginative.

La vie de sainte Thérèse est une vie tout extraordinaire ;
c'est une vie à part, même dans la vie des saints. A partir de
l'âge de quarante ans, sa vie n'est, pour ainsi dire, qu'une suite
de révélations et de communications surnaturelles dont elle a fait
elle-même le récit, sur l'ordre de ses directeurs. Mais si Dieu l'a
favorisée de visions célestes, il a permis au démon de la tenter et
de la faire souffrir ; elle raconte donc ses ravissements et ses
souffrances ; son récit porte l'empreinte de la vérité ; pourquoi ne
pas l'admettre tout entier ? Il vous était bien facile de montrer
toute la différence qu'il y a entre les visions de sainte Thérèse et
les hallucinations des hystériques. Et voilà que vous arguez
d'erreur une partie de sa narration ! Mais ne voyez-vous pas
qu'en contestant le témoignage de sainte Thérèse sur des faits
qu'elle affirme de la manière la plus positive, qu'elle a *très souvent* constatés, à la réalité desquels elle a cru jusqu'à son dernier
soupir, vous l'affaiblissez singulièrement pour tout le reste ? Pour
moi, je l'avoue, s'il me fallait douter de la réalité des appa-

(1) *Vie de sainte Thérèse,* ch. xxxi.

ritions diaboliques attestées par sainte Thérèse, je ne pourrais m'empêcher de douter de la réalité des autres apparitions et de les regarder toutes comme des illusions d'une imagination surexcitée.

Ce n'est pas tout : d'après vous, mon Révérend Père, sainte Thérèse n'a pas vu ce qu'elle affirme avoir vu maintes et maintes fois ; elle n'a point subi, soit dans son corps, soit dans son âme, les tortures qu'elle dit lui avoir été infligées par le démon. Quelles que fussent son intelligence et sa grande expérience des apparitions surnaturelles, d'après vous, elle était complètement dans l'erreur, quand elle croyait voir le démon, quand elle se croyait tourmentée par cet esprit de ténèbres ; d'après vous, tout cela était l'effet de certaines excitations organiques, toutes ces visions n'étaient que de purs fantômes créés de toutes pièces par une imagination exaltée. Mais, s'il en est ainsi, quelle foi ajouter à toutes ces apparitions diaboliques rapportées dans la vie d'un très grand nombre de saints ? Si vous rejetez le témoignage de sainte Thérèse dont vous êtes le premier à reconnaître la haute intelligence et la parfaite bonne foi, quel témoignage accepterez-vous ? Ne voyez-vous pas qu'en contestant le récit de sainte Thérèse, vous inspirez des doutes sur toutes les manifestations diaboliques dont il est parlé dans la vie des saints, et que, sans le vouloir, vous autorisez jusqu'à un certain point les critiques des incrédules qui répètent sans cesse que toutes ces histoires ne sont qu'un tissu de fables et de contes à dormir debout ? Ne voyez-vous pas que vous semblez confirmer l'opinion des Bourneville et des Richer qui font de sainte Thérèse une *Illuminée* (1) ? Si, à votre exemple, on se met à contester et à rejeter toutes les apparitions diaboliques, que de pages il faudra effacer dans les écrits des Saints Pères, dans les livres ascétiques et dans ces grandes collections de *Vies des Saints*, à commencer par les *Vies des Pères du désert*. Il me semble, mon Révérend Père, que vous vous engagez dans une voie extrêmement dangereuse.

Aussi n'est-ce pas sans peine que je vous ai vu révoquer en doute un miracle attesté par sainte Thérèse. A la suite de la grande maladie qu'elle eut vers l'âge de vingt ans, la Sainte resta percluse pendant trois ans : « Me trouvant, dit-elle, si

---

(1) Richer, *Études clin.*, d. 322.

« jeune encore, frappée de paralysie et voyant le triste état
« où m'avaient réduite les médecins de la terre, je résolus de
« recourir à ceux du ciel pour obtenir ma guérison... Je pris
« pour avocat et pour protecteur le glorieux saint Joseph et je
« me recommandai très-instamment à lui... Son secours éclata
« de la manière la plus visible. Ce tendre père de mon âme, ce
« bien-aimé protecteur se hâta de me tirer de l'état où languis-
« sait mon corps (1). »

Voici maintenant, mon Révérend Père, ce que vous dites de
cette guérison : « Quant à ces alternatives de contracture et
« de paralysie compliquées d'hyperesthésie, qui durèrent chez
« la religieuse d'Avila trois années entières, c'est un fait assez
« commun dans les annales de l'hystérie... La durée de la con-
« tracture est illimitée ; elle peut se prolonger sans rémission
« aucune, pendant des mois et des années ; mais sa longue durée
« ne change en rien son mode de terminaison. M. Charcot a
« insisté dans ses leçons sur la façon subite dont elle cesse quel-
« quefois — sous des influences morales vives ou sans cause
« appréciable — laissant le membre dans un état d'intégrité
« fonctionnelle parfait, quelle qu'ait été la durée de son immo-
« bilisation. Et, en effet, le docteur Bouyer rapporte le cas d'une
« contracture hystérique qui guérit spontanément au bout de
« six années. La cessation subite de la paralysie est plus
« fréquente encore, et nous avons déjà signalé un cas de para-
« lysie qui se termina par une guérison soudaine après une
« durée de six semaines. On le voit, malgré la ferme persuasion
« qu'avait notre Sainte de devoir sa guérison à saint Joseph, il
« serait difficile de prouver que la cessation subite de sa maladie
« fût le résultat d'une action miraculeuse (2). » Que les incrédules doivent être heureux de trouver dans les écrits d'un
religieux un argument qui leur permet de contester tous les
miracles !

J'aurais bien encore quelque chose à ajouter sur ce point, mais
je m'arrête. Le peu que j'ai dit suffira, ce me semble, pour montrer qu'on peut à bon droit contester vos opinions sur les maladies et les révélations de sainte Thérèse ; et si, comme on me
l'assure, votre Mémoire a vivement contristé tous les membres

(1) *Vie de sainte Thérèse*, ch. vi.
(2) P. Hahn, *Phén. hyst.*, p. 111.

de l'Ordre du Carmel, puissent ces quelques lignes, si par hasard elles tombent sous leurs yeux, adoucir leur peine, en leur prouvant que tout le monde ne partage pas votre manière de voir. Au reste, il y a une chose qui doit par dessus tout les consoler, c'est que votre *Mémoire* et cette *Lettre* seront oubliés depuis longtemps, tandis que la gloire de sainte Thérèse continuera à briller dans l'Eglise d'un éclat incomparable. Car c'est de ces âmes d'élite qu'il est écrit : *Fulgebunt quasi splendor firmamenti et quasi stellœ in perpetuas œternitates (1).*

Maintenant, en terminant, permettez-moi, mon Révérend Père, de vous exposer mes doutes et mes appréhensions sur l'origine et la cause première de certains phénomènes dont vous parlez au commencement de votre dissertation.

Vous semblez, mon Révérend Père, n'attribuer à ces phénomènes que des causes purement naturelles ; ne pourrait-on point y soupçonner une intervention diabolique ? Question autrement importante que celle de savoir si sainte Thérèse était hystérique ou si elle ne l'était pas ; si, comme elle le dit, elle a réellement vu le démon des yeux de son âme ou si elle a été le jouet d'une hallucination provenant d'une organisation hystérique : — question qui m'a déterminé à vous écrire cette longue lettre et dont j'ose vous prier de vouloir bien me donner la solution.

V

Je sais combien il faut être réservé, quand il s'agit d'attribuer à des êtres d'une nature supérieure à la nature humaine, des phénomènes extraordinaires, quelque étranges qu'ils puissent paraître ; mais je sais aussi qu'à la fin des temps, il s'élèvera de faux prophètes qui étonneront le monde par leurs prodiges, jusqu'à séduire, s'il est possible, les élus eux-mêmes (2). Or, quand je vois d'immenses multitudes, nombreuses comme les sables de la mer, selon l'expression du Prophète, se lever frémissantes, d'un bout du monde à l'autre, contre le Seigneur et contre son Christ ; quand je vois des hommes audacieux chercher dans

(1) DANIEL. XII, 3.
(2) MATTH. XXIV, 24.

la science des arguments contre Dieu même et, appuyés sur de prétendues expériences, traiter de fables les miracles de l'Évangile, et de vaines superstitions toutes les croyances religieuses, je me demande avec inquiétude si nous ne serions point arrivés au temps où Satan sera délié, qu'il sortira de sa prison et séduira les nations (1)

Aujourd'hui on ne croit plus guère à l'intervention du démon dans les choses de ce monde, et si, par hasard, il arrive à quelqu'un de prononcer son nom dans une réunion de gens qui n'ont pas encore renié le Christianisme, il voit aussitôt apparaître sur tous les visages un sourire moqueur qui semble lui dire : Vous en êtes encore là ! — Eh bien, oui ! pour mon compte, j'en suis encore là ! Et comme un demeurant d'un autre âge, je me range volontiers au sentiment d'un homme expérimenté, cité par le P. de Bonniot : « Une des plus grandes erreurs où sont plongés « la plupart des hommes sur la possession des malins esprits, « est de croire que personne n'est maintenant possédé. Il n'y a « pas jusqu'aux plus habiles gens qui ne contestent cette vérité, « ou la révoquent en doute (2). » Mgr Gay exprime la même pensée : « La foi de plusieurs a baissé sur ce point, et plût à « Dieu que ce ne fût vrai que parmi les chrétiens du monde (3)! » — « A ce seul mot d'esprits, » dit à son tour un de vos savants confrères, le P. Allet, dans un livre composé, comme votre *Mémoire*, à l'occasion du troisième Centenaire de sainte Thérèse, « à ce seul mot d'esprits, le Siècle sourit de pitié. Il a fait « justice, lui, avec les lumières infaillibles de la science, de tous « ces vains fantômes, de toutes ces ridicules superstitions du « passé ! Et pourtant un observateur chrétien, quelque peu « attentif, n'a pas de peine à reconnaître aujourd'hui partout les « ténébreux effets de l'action diabolique. Jamais peut-être, depuis « le Calvaire, Satan n'exerça un plus puissant et un plus uni- « versel empire... Et il l'exerce avec d'autant plus de facilité « que les puissances infernales sont répandues dans l'air que « nous respirons et que, très peu croyant à leur réalité, on ne « prend aucune précaution pour s'en défendre. » — Personne ne s'étonnera plus après cela du mot d'un vénérable Frère de

(1) Apoc., xx, 7,

(2) P. DE BONNIOT. « Des Possessions de Loudun, » *Rev du Monde cath.* 1er juillet 1884.

(3) Mgr GAY, *Vie et des Vertus chrétiennes*, t. II, p. 112.

Saint-Jean de Dieu, attaché à une maison d'aliénés : « Nous
« guérissons beaucoup plus de malades par l'application d'une
« relique de la vraie croix, ou de quelque saint, que par les
« moyens hygiéniques et les prescriptions médicales, » Mais
comme le disait, il y a quelques années, un célèbre prédicateur :
« De nos jours, le démon a su si bien dissimuler son action qu'il
« est parvenu à faire douter même de son existence. Il y a des
« temps où Satan ne semble viser qu'à se produire, afin de se
« faire passer pour Dieu et servir comme tel. C'est toujours son
« désir, son espérance et son besoin... Mais il y a des temps
« aussi, et le nôtre en est un, où, pour mieux réussir, il s'efface
« et paraît ne plus travailler qu'à faire croire aux hommes qu'il
« n'est rien (1). » — « Il aime à donner à la possession une
« forme qui ait quelque rapport avec le tempérament, à l'enter
« sur une infirmité déjà existante, ou bien à en déterminer qui
« paraissent naturelles. La vérité est que la possession coexiste
« assez souvent avec la maladie (2). »

Mais comme il est très difficile de discerner le point précis où
la nature cesse d'agir et où commence l'action de Satan, m'en
tenant aux enseignements de la Théologie, je suis porté à croire
à une intervention diabolique, quand je vois qu'il n'y a aucune
proportion entre la cause et l'effet produit, surtout quand cet
effet est contraire à la foi et aux bonnes mœurs. Or, c'est ce qui
a lieu, ce me semble, dans plusieurs des faits que vous citez et
dans beaucoup d'autres que vous auriez pu rapporter encore,
puisque vous vous faites garant de la réalité des faits relatés par
les docteurs Regnard, Bourneville et Richer. Le P. de Bonniot
qui, au commencement de l'année 1883, paraissait les admettre
comme des effets naturels de l'hystérie, quelque peu déconcerté
par les phénomènes de plus en plus étranges qui se produisent
de jour en jour, invoque à son tour les principes théologiques :
« Que l'on se rappelle, dit-il, le naïf et profond dicton populaire :
« le diable pêche en eau trouble, et l'on comprendra que nous
» parlions de danger, en présence de cette phase nouvelle de la
« science. Il y a là une question digne d'une sérieuse étude. Les
« médecins qui s'en sont occupés, incrédules ou même matéria-
« listes, n'ont pas les principes indispensables pour en apprécier

(2) RIBET, *La Mystique divine*, t. III, p 222 et 606.
(2) Mgr GAY, *De la Vie et des Vertus chrétiennes*, t. II, p. 112.

« sainement le côté philosophique ou religieux ; il serait d'unè
« souveraine imprudence d'accepter sans contrôle leurs conclu-
« sions. Nous croyons remplir un devoir en disant à notre tour
« notre pensée sur ce grave sujet, en nous inspirant de la rai-
« son chrétienne, dont nous faisons profession d'être l'humble
« disciple (1). »

Plus loin, après avoir discuté plusieurs expériences du docteur
Bernheim, professeur à la Faculté de médecine de Nancy, et
rappelé la réponse du docteur Liébeault à des gens qui avaient vu
agir un sergent halluciné et qui le prenaient pour un fou (Ce
sergent exécutait automatiquement un ordre qu'il avait reçu
soixante-trois jours auparavant, pendant le sommeil magnétique) :
« Ma réponse a été qu'il n'était pas fou et qu'il était aussi raison-
« nable qu'eux et moi : un autre agissait en lui », le R. P. de
Bonniot ajoute : « N'est-ce pas là la clef du mystère ? Il est
« bien difficile d'expliquer ces choses sans l'intervention d'une
« cause extérieure, intelligente, *d'un autre*, comme dit le doc-
« teur Liébeault... Quel était cet *autre* ? Ce n'était pas le docteur
« Bernheim qui, aujourd'hui, est non moins que nous étonné de
« ce fait, et qui n'essaie pas même d'en donner l'explication ; cet
« *autre*, n'est-il pas le même qui donne de l'esprit aux tables
« tournantes (2) ? » — Dans la période des attitudes passion-
« nelles, dit à son tour le docteur Richer, on peut distinguer deux
« phases : la phase des hallucinations gaies et la phase des
« hallucinations tristes. Ces deux phases se succèdent ou s'en-
« tremêlent sans interruption... souvent une scène est à peine
« commencée qu'elle est brusquement interrompue par une autre.
« Il y a là comme la taquinerie d'un malin génie que les malades
« ne peuvent éviter ; elles s'en plaignent souvent amèrement (3). »

N'est-il pas vrai, mon Révérend Père, qu'on rencontre dans
beaucoup de ces faits la plupart des caractères indiqués par les
théologiens, pour reconnaître ou au moins pour donner lieu de
soupçonner l'action des mauvais esprits ? Aussi, si je m'expliquais
difficilement comment vous admettiez sans réserve, comme des
fruits naturels et spontanés de la maladie, tous les phénomènes

---

(1) P. DE BONNIOT, « Dernières phases du Somnambulisme », *Rev. du Monde
cathol.*, 15 mai 1884.

(2) Id. « Les Prodiges de la Salpêtrière », *Revue du Monde cathol.*, 15 janvier 1883.

(3) RICHER, *Études clin.*, p. 95.

qui se produisent dans la crise hystérique, j'ai été tout à fait étonné de ne vous voir faire aucune distinction entre ces phénomènes et ceux qui se manifestent à la suite du somnambulisme ou de l'hypnotisme, et qui n'apparaissent jamais en dehors de ce sommeil artificiel et de l'action d'un agent connu ou inconnu.

Mes doutes et mes soupçons redoublent, quand je considère quels sont les hommes qui poursuivent ces expériences, quelles sont les personnes qui en sont l'objet, et quels sont les effets qui en résultent.

Si M. Charcot ne s'affiche pas comme un ennemi déclaré de la Religion révélée, la renommée lui refuse toute sorte de foi religieuse (1). Quant aux docteurs Regnard et Bourneville, ils ne dissimulent pas leur antipathie pour le Christianisme ; ils attribuent tous les phénomènes à des causes physiques et, niant hautement toute révélation et toute action d'une puissance supérieure, ils prétendent expliquer tout par la science expérimentale. Où le démon pouvait-il trouver des alliés plus capables de pervertir les cœurs et d'éteindre la foi dans les âmes ? Faut-il s'étonner après cela si, pour les punir de leur audace et de leur impiété, Dieu les abandonne à l'esprit de mensonge et d'erreur, dont ils deviennent les instruments inconscients ?

Le docteur Charcot paraît avoir borné ses expériences à une certaine catégorie de malades de la Salpêtrière. Voici le portrait que vous en tracez vous-même : « Les hystériques de la Sal- « pêtrière sont pour la plupart des jeunes filles volages, légères, « qui n'ont pas trouvé en elles-mêmes assez d'énergie pour « résister aux attraits du plaisir et d'une vie licencieuse (2). » Toutes les hystériques n'en sont pas là, j'aime à le reconnaître ; mais on peut affirmer que toutes celles qui se prêtent à ces expériences, ne tiennent aucun compte des lois de la morale et des préceptes de la Religion, puisqu'elles se soumettent à des opérations réprouvées par la pudeur et condamnées par l'Église. Et quels sont les sujets éminemment propres au sommeil artificiel ? « Ce sont les jeunes filles, répondent les expérimentateurs : « elles sont plus sensibles, plus impressionnables ; plusieurs « sont grandes liseuses de romans et ont un caractère qui ne

(1) P. DE BONNIOT. « Les Prodiges de la Salpêtrière », *Rev. du Monde cath.*, 15 janv. 1883.

(2) R. P. HAHN. *Les Phén. hyst.*, p. 24.

« manque pas d'une certaine sentimentalité ; on les préfère à celles
« qui sont brutales, franchement lascives et ordurières (1). »
Ne serait-on pas tenté de croire que le démon dédaigne ces
âmes souillées et depuis longtemps ses esclaves, pour rechercher
des âmes en qui il demeure encore quelques restes de pudeur,
afin d'achever de les perdre ? Et quand on voit ces jeunes filles,
souvent très faibles et très délicates, acquérir tout à coup une
force telle que cinq ou six infirmières robustes ne peuvent les
maintenir ; quand on les voit exécuter des mouvements et prendre
des positions impossibles dans l'état normal, serait-on bien téméraire ou bien ridicule, en pensant que le démon peut y être pour
quelque chose ?

Enfin, d'après les théologiens, une chose à laquelle le démon
semble s'attacher par dessus tout et qui dénote le mieux son
intervention, c'est d'inspirer aux infortunés sur qui il a quelque
puissance, les actes les plus contraires à la pudeur. On sait
quelles abominations se commettaient dans les mystères du paga-
nisme et en particulier dans les fêtes de la « Bonne Déesse ». Or,
pendant qu'une femme est plongée dans l'hypnotisme, elle est
assaillie de rêves « d'une telle nature, dit le P. de Bonniot, que
« la morale ne permet pas de les provoquer volontairement (2). »
Les paroles et les gestes répondent aux rêves et sont tellement
obscènes, que le docteur Richer, qui cependant n'est pas timide,
n'ose les reproduire, et que son crayon s'arrête de lui-même.
Les compressions les plus efficaces pour provoquer ou modifier
les crises hystériques sont les plus indécentes qui se puissent
imaginer, et jamais une femme qui se respecte, ne voudra les
tolérer. Si à cela on ajoute que, pendant le sommeil artificiel,
la femme est complètement au pouvoir de l'opérateur, qui peut
lui inspirer tous les sentiments et toutes les attitudes qu'il lui
plaît, et qu'à son réveil elle n'a aucun souvenir ni de ce qu'elle
a dit, ni de ce qu'elle a fait, ni de ce qu'elle a éprouvé, eût-elle
subi les derniers outrages, en faudra-t-il davantage pour donner
lieu de croire que le démon ne reste pas étranger à toutes ces
opérations ?

Vous me direz peut-être, mon Révérend Père, que tout cela
provient de certaines prédispositions physiques ; que nous sommes
loin de connaître à fond les secrets de la nature, et que ces phé-

---

(1) P. DE BONNIOT, « Les Prodiges de la Salpêtrière », 15 janvier 1883.
(2) ID., ibid.

nomènes peuvent s'expliquer par l'énergie de ses forces cachées.
Je sais que depuis cinquante ans les sciences physiques ont fait
d'admirables découvertes, et qu'aujourd'hui nous voyons s'opérer
des choses que nous aurions crues absolument impossibles, il y
a un demi-siècle. Mais, comme le dit le P. de Bonniot, il y a
des phénomènes que toute la science des expérimentateurs est
impuissante à expliquer. Ainsi, pour m'en tenir aux faits que
vous avez cités : pourquoi, pour le succès d'opérations purement
physiques, le concours des deux volontés, celle du magnétiseur
et celle du sujet, est-il indispensable ? « Il faut, dit le Dʳ Bernheim,
« que le sujet se laisse aller, sans résistance cérébrale, aux in-
« jonctions de l'endormeur, il faut que la volonté morale de dor-
« mir soit là. Voilà pourquoi il est souvent difficile et même
« impossible d'endormir les aliénés, les mélancoliques, les hypo-
« condriaques ; la volonté morale leur manque. Si la volonté
« de l'hypnotiseur, ajoute-t-il ailleurs, n'est pas exprimée par
« la parole, si ses gestes ne sont pas compris par le sujet, ni sa
« volonté ni ses gestes ne déterminent aucun phénomène. » D'où
il suit qu'on ne peut être endormi une première fois malgré soi
et sans le vouloir. Mais une fois le consentement donné, après
une ou deux hypnotisations, l'influence du magnétiseur devient
telle que le magnétisé ne peut plus lui résister. Le corps est un
instrument dont l'âme se sert pour se mettre en communication
avec le monde extérieur. Ne dirait-on pas que dans ces circonstances, par un acte libre de sa volonté, l'âme renonce pour un
temps à se servir de son corps et en abandonne l'usage à un
autre qui agit du dedans, comme le dit M. Ribet, et semble
se substituer à elle ? Ne dirait-on pas qu'elle se concentre et se
renferme en elle-même, qu'elle s'isole, en quelque sorte, du
monde extérieur et demeure étrangère à toutes les opérations que
le corps accomplit soit dans l'état d'hypnotisme, soit, après son
réveil, en vertu d'ordres donnés pendant son sommeil artificiel
et à l'exécution desquels il ne peut se soustraire, affirme le Dʳ
Bernheim.

Si l'on admet cette hypothèse, les faits les plus étonnants de
l'hypnotisme s'expliquent facilement.

« Je dis à une dame hypnotisée, raconte le Dʳ Bernheim, en
« présence de deux personnes qui étaient venues visiter l'hôpi-
« tal, qu'à son réveil elle ne me verra plus, qu'elle ne m'en-
« tendra plus ; que je ne serai plus là... Réveillée elle me

« cherche. J'ai beau me montrer, lui corner à l'oreille que je
« suis là ; lui pincer la main qu'elle retire brusquement sans
« découvrir l'origine de cette sensation ; les personnes présentes
« lui disent que je suis là, que je lui parle ; elle ne me voit pas et
« croit que ces personnes veulent se moquer d'elle... »

« Un somnambule, continue le même docteur, auquel on fait pro-
« mettre en son sommeil qu'il reviendra tel jour, telle heure, bien
« qu'à son réveil il n'ait aucun souvenir de la promesse, reviendra
« presque certainement le jour et l'heure désignés. A. S... j'ai fait
« dire qu'il reviendrait me voir au bout de treize jours, à dix heures
« du matin. Réveillé, il ne se souvient de rien. Le treizième jour,
« à dix heures du matin, il était présent, ayant fait trois kilo-
« mètres depuis son domicile jusqu'à l'hôpital. Il avait passé la
« nuit à travailler aux forges, s'était couché à six heures du
« matin, et à neuf heures se réveillait avec l'idée qu'il devait
« venir à l'hôpital me voir. Cette idée, me dit-il, il ne l'avait pas
« eue les jours précédents ; il ne savait pas même qu'il devait
« venir : elle s'était présentée à son esprit, au moment seulement
« où il devait l'exécuter. »

« Quelque singuliers, quelque inexplicables que soient ces
« phénomènes, dit en terminant le Dr Bernheim, je n'ai pas
« hésité à les relater. J'aurais hésité en présence d'un fait isolé,
« mais je les ai reproduits tant et tant de fois sur divers som-
« nambules que je n'ai pas le moindre doute sur leur réalité.
« L'interprétation est du domaine de la psychologie (1). » Mais
n'en pourrait-on point trouver plus sûrement l'explication dans
les principes de la Théologie ? Ne pourrait-on point voir en tout
cela l'action de cet *autre* dont parlent le Dr Liébeault et le
P. de Bonniot, et faudrait-il taxer d'esprit faible celui qui soup-
çonnerait là-dessous quelque opération diabolique ?

D'où vient, vous demanderai-je encore, cette domination
absolue du magnétiseur sur le magnétisé ? « A partir du moment
« où la malade est en catalepsie, dit le P. de Bonniot, on dirait
« qu'un lien invisible attache la malade au médecin : elle le suit
« partout, le regard fixé sur ses yeux, se baisse avec lui, se
« relève avec lui, écarte les meubles pour aller à lui, fait des
« mouvements rapides pour retrouver son regard, si elle l'a
« perdu ; elle tombe à la renverse, et tout d'une pièce, si le fasci-

(1) Dr BERNHEIM, *De la Suggestion dans l'état hypnotique*, pp. 22, 27. 29.

« nateur fait semblant de s'avancer sur elle. Dans cet état de
« fascination, le sujet hypnotisé appartient absolument au fasci-
« nateur et repousse violemment toute personne qui vient s'in-
« terposer (1). »

« Après une ou deux hypnotisations, dit le Dʳ Bernheim.
« l'influence devient rapide sur les sujets. Il suffit presque de le s
« regarder, d'étendre les doigts devant leurs yeux, de dire :
« Dormez, pour que, en quelques secondes, instantanément
« même, les yeux se ferment et tous les phénomènes du sommeil
« sont là... il m'arrive souvent d'endormir successivement sept
« ou huit malades, chacun en un rien de temps; ils tombent pour
« ainsi dire, comme des mouches. Pour obtenir le réveil immé-
« diat, je dis : C'est fini, réveillez-vous. Et ce mot prononcé
« même à voix basse suffit chez les sujets déjà plusieurs fois
« hypnotisés, à obtenir un réveil immédiat. »

Comment se fait-il qu'il suffise d'un léger souffle dirigé sur
son visage, pour éveiller subitement une jeune fille que le brui t
le plus aigu, la piqûre la plus profonde, la brûlure la plus cui-
sante, n'ont pu tirer de son sommeil (2) ?

Comment se fait-il qu'une autre jeune fille, habituellement
paralysée de la moitié du corps, marche et court même, si on
l'endort artificiellement, et redevient paralytique aussitôt qu'elle
est éveillée?

Dans son dernier article sur le somnambulisme, le P. de
Bonniot cite des faits encore plus curieux et plus extraordinaires
et qu'il regarde comme avérés.

De son côté le Dʳ Bernheim raconte dans sa brochure une
expérience qui a quelque chose d'effrayant. « Un jour, dit-il,
« je mets en sommeil profond Maria G..., femme intelligente,
« impressionnable, et je lui dis : — Le 3 Août, il y a quatre
« mois et demi de cela, vous rentriez chez vous; arrivée au
« premier étage, vous avez entendu des cris sortant d'une
« chambre; vous avez regardé par le trou de la serrure; vous
« avez vu un homme qui faisait violence à un enfant; l'enfant se
« débattait, criait de toutes ses forces; il lui a mis un bâillon sur
« la bouche. Vous avez tout vu et vous avez été tellement saisie
« que vous êtes rentrée chez vous et que vous n'avez rien osé

_____

(1) P. DE BONNIOT, Prodiges de la Salpêtrière, Rev. du Monde cath., 15 janvier 1883.
(2) P. HAHN, Phén, hyst., p. 21.

« dire ; mais vous l'avez bien vu et si la Justice vient plus tard
« faire une enquête sur ce crime, vous direz la vérité. — Cela
« dit, je change le cours de ses idées... et à son réveil je ne lui
« parle plus de ce fait. Trois jours après, je prie mon ami
« M. Grillon, avocat distingué, d'interroger cette femme comme
« s'il était juge d'instruction. En mon absence, elle lui raconte
« les faits dans tous leurs détails, donnant les noms de la vic-
« time, du criminel, l'heure exacte du crime ; elle maintient ses
« dires énergiquement ; elle sait quelle est la gravité de son
« témoignage ; si on l'appelle à comparaître devant les assises,
« malgré l'émotion qu'elle en ressent, elle dira la vérité,
« puisqu'il le faut ; elle est prête à jurer devant Dieu et devant
« les hommes. M'étant approché de son lit, après la déposition,
« l'avocat, faisant office de magistrat, la fit répéter devant moi.
« Je lui demandai si c'était bien la vérité, si elle n'avait pas
« rêvé. Elle maintint son témoignage avec une conviction iné-
« branlable... jusqu'à ce que, l'ayant endormie de nouveau, je
« passai l'éponge sur toute cette scène. A son nouveau réveil, le
« souvenir de tout était effacé sans retour. »

Oserai-je vous prier, mon Révérend Père, vous qui avez
étudié à fond toutes ces questions, de nous montrer qu'en tout
cela il n'y a rien que de naturel et qu'il n'est pas besoin de
recourir à l'intervention du démon pour l'expliquer? Que je vous
serais reconnaissant si vous daigniez me faire voir que mes
doutes sont sans fondement et mes craintes tout à fait chimé-
riques ! C'est dans l'espérance que vous accueillerez favorable-
ment ma demande, que je vous prie d'agréer l'expression des
sentiments les plus respectueux avec lesquels je suis,

    Mon Révérend Père,

    Votre tout dévoué serviteur,

                A. TOUROUDE,
          Prêtre agrégé à la Congrégation de Picpus.

DEUXIÈME LETTRE

Paris, 33, rue de Picpus, le 8 septembre 1885.

MON RÉVÉREND PÈRE,

En m'accusant très-gracieusement réception de ma première *Lettre*, vous m'annonciez que vous ne tarderiez pas à m'adresser une réponse plus détaillée. Elle ne se fit pas attendre et, dès le 6 avril, je recevais une longue lettre où vous cherchiez à résoudre toutes mes difficultés et à justifier votre manière de voir. Mais, comme je vous l'écrivis immédiatement, quelque courtoise que fût votre réponse, elle n'était pas de nature à me convaincre et il m'eût été facile d'opposer à votre thèse de nouvelles et très sérieuses objections. Toutefois, sachant par expérience qu'on parvient rarement à convaincre un adversaire par la controverse, au lieu de m'arrêter à discuter vos arguments, je pensai que la meilleure réplique à vous adresser, c'était de vous exposer le jugement que des hommes éminents et très compétents en ces matières, avaient porté sur votre travail et sur le mien. J'espérais que leur appréciation suffirait pour vous faire comprendre les côtés faibles et dangereux de votre dissertation et pour vous déterminer à abandonner une opinion qui peut plaire aux rationalistes, mais qui blesse les oreilles pieuses.

J'espérais aussi que les membres du Jury de Salamanque, piqués au vif par les articles de M. l'abbé Jules Morel, protesteraient hautement contre l'interprétation donnée à leur décision et ne permettraient pas plus longtemps qu'on s'appuyât sur leur prétendu jugement pour soutenir que sainte Thérèse était véritablement hystérique et que plusieurs de ses visions étaient de pures illusions, quand ils n'avaient qu'un mot à dire pour faire tomber toutes ces affirmations téméraires. J'ai été trompé dans mon attente. Mis plusieurs fois en demeure de se prononcer, les membres de la Commission de Salamanque se sont obstinés à garder un silence absolu, paraissant ainsi passer condamnation sur les graves reproches que leur adresse, avec tant d'esprit, M. l'abbé J. Morel. Et de votre côté, mon Révérend Père, en m'annonçant que vous vous étiez décidé à faire autographier la réponse que vous m'aviez adressée le 6 Avril, pour la distribuer à certaines personnes, vous me prouviez clairement que vous persistiez plus que jamais dans votre opinion.

Je ne vous ai pas dissimulé combien j'étais contrarié de cette détermination, et pour vous engager à ne pas réveiller une question qui paraissait assoupie, je vous ai fait part et des bruits étranges qui couraient sur la décision de Salamanque et des informations que j'avais reçues à cet égard. Bien loin de vous rendre à cette affectueuse invitation, vous m'avez répondu un peu sèchement : « Je juge indigne de ma qualité de religieux et « de jésuite, de réfuter le tissu de calomnies inventées par des « personnes qui se prétendent si bien renseignées. » Assurément, mon Révérend Père, si vous aviez su de qui je tenais ces renseignements, par qui et avec quel soin ils avaient été rédigés, sous les yeux de qui ils avaient passé, vous auriez changé de ton et vous auriez parlé avec moins de confiance ; vous en allez avoir la preuve tout à l'heure.

Mais était-il à-propos de reprendre la discussion et de relever le gant que vous paraissiez me jeter ? Les avis étaient très partagés sur ce point. Depuis longtemps déjà, on me pressait de publier une seconde édition de ma *Lettre* et de montrer plus clairement encore, s'il m'était possible, dans quelle voie dangereuse vous vous étiez engagé. Dès le premier jour, avec une abnégation et une modestie dont j'étais tout confus, M l'abbé J. Morel m'écrivait : « Votre livre est excellent ; je m'empresse « de vous céder la palme. Dans mes rapports avec vous, je me

» compare à un tirailleur qui ne manque ni d'adresse ni d'audace,
« mais vous êtes le carré d'infanterie que rien ne peut entamer
« et que rien ne peut faire reculer. Il faut donner à votre œuvre
« la plus grande publicité. » — Quelques jours après, un religieux écrivait à un de ses amis : « Je regrette que le R. P. Tou-
« roude n'ait voulu donner à sa lettre qu'une publicité si res-
« treinte. Sans doute il y a quelques inconvénients à saisir le
« public de ces questions, sans compter que vers la fin, il y a cer-
« tains détails que les âmes scrupuleuses ne mettraient pas vo-
« lontiers sous les regards des jeunes filles. Mais il n'y faut point
« de pruderie et quand les attaques sont publiques, il faut que
« les réponses le soient aussi. C'est le P. Hahn qui aurait dû se
« taire, et je ne m'explique guère comment ses supérieurs ne l'y
« ont pas contraint. »

« Hier la poste m'a apporté la lettre imprimée que vous avez
« adressée au P. Hahn, — me mandait, du fond de la Hongrie,
« un dignitaire de l'Ordre des Carmes, — Je l'ai lue avec le plus
« grand empressement et je l'approuve complètement et pour le
« fond et pour la forme. Vos arguments, quoique très simples et
« très-clairs, se font remarquer par leur solidité et leur évidence
« et enserrent de toutes parts votre adversaire. Votre lettre sera
« pour le malheureux *Mémoire* du Père Jésuite et pour sa funeste
« entreprise un antidote salutaire. Aussi je ne comprends pas du
« tout pourquoi vous n'en avez fait tirer qu'un petit nombre
« d'exemplaires que vous distribuez comme en cachette. C'est le
« contraire qui devrait avoir lieu : quand l'offense a été publique,
« la réparation doit être publique. D'ailleurs, après l'article de
« M. l'abbé J. Morel et la réponse du P. Hahn à cet article, la
« question est devenue tout à fait publique. Voilà pourquoi je ne
« peux deviner pour quelle raison vous faites comme un mystère
« de votre *Lettre* ; d'autant plus que je n'y vois rien de blessant
« pour votre adversaire, ni un manque de prudence et de modé-
« ration, vous tombez plutôt dans l'excès contraire.

« Si donc je pouvais exprimer un vœu, ce serait de voir votre
« *Lettre*, je ne dirai pas publiée, mais répandue partout, c'est-à-
« dire, parmi les gens instruits qui lisent les journaux et qui ont
« peut-être déjà vu ou qui peuvent voir le *Mémoire* du Père
« Jésuite. C'est à ces hommes surtout, encore plus qu'aux ecclé-
« siastiques éminents à qui vous la destinez, que cette *Lettre*
« convient, quoiqu'elle mérite à tous égards d'être lue par ces

« ecclésiastiques eux-mêmes. Mais il faut se hâter, car si l'on
« tarde trop à publier et à répandre cette *Lettre*, elle n'aura pas
« le succès et l'effet qu'on est en droit d'en attendre.

« Voilà toute ma pensée ; vous me pardonnerez de vous l'avoir
« manifestée avec trop de liberté.

« Et maintenant, à vous, mon Révérend Père, tous mes remer-
« cîments pour le gracieux envoi de votre opuscule, et en même
« temps, à la Congrégation des SS. Cœurs, toutes mes félicita-
« tions pour l'avantage qu'elle a de posséder des membres si
« distingués par leur science et par leur érudition (1). »

Enfin un Vicaire Général m'écrivait : « J'ai tardé à vous
« remercier de l'excellente pensée que vous avez eue d'écrire
« une *Lettre* au P. Hahn, en réponse à son *Mémoire*. Mais j'ai
« tenu, avant de vous faire agréer mes très vifs remercîments
« à cet égard, à vous dire un peu l'impression que votre *Lettre*
« a faite ici parmi les prêtres les plus distingués de notre ville
« épiscopale. Nous avons tous été édifiés du ton de parfaite dis-
« cussion, de l'accent plein de charité chrétienne, des procédés
« si courtois et si dignes avec lesquels l'écrit de votre adversaire
« a été examiné, analysé, apprécié...

(1) Adm. Rev. Pater ! Posta hesterna datas à V. Reverentia ad P. Hahn typis-
que cusas litteras hùc ad me advexit. Grandi eas aviditate perlectas tùm quoad
materiam tùm et quoad formam approbo maximè ac laudo. Vest. Rev argumenta,
utut simplicia ac plana, soliditate ac evidentia præfulgent adversariumque pers-
tringunt. Infelici Jesuitæ scripto, perniciosoque consilio salutare hæ litteræ
præbent antidotum, quapropter minimè assequor cur nonnisi modico exemplarium
numero et quasi clàm circumferantur. Contra : offensio publica, publica repara-
tione indiget. Aliàs, per articulum Abbatis D. Morel Jesuitæque in *Contemporain*
responsum res ad notitiam publicam omninò pervenit, quarè quò litterarum
harum secretum tendat, divinare haud valeo. Nullam insuper in eis deprehendo
aut in adversarium invectivam nimiam, aut alium sive prudentiæ sive modera-
tionis defectum, sed potiùs excessum.

Si quid optandum, illud sanè, quod hæ litteræ quo citiùs, non inquam inlucem
edantur, sed in vulgus latè spargantur : doctum vulgus intelligo, cujusmodi illud
est quod ephemerides et fortè adversarii scripta legit aut legere valet. Hujus
ejusdem vulgi, minimè vero eminentium ecclesiasticorum usui accommodatæ ac
destinatæ sunt, quamvis de cætero dignissimæ quæ et ab eminentibus quoque
ecclesiasticis legantur et eis dono dicentur. Quod si earum ulteriori publicationi
ac diffusioni longiores moræ interponantur, intempestivæ erunt, omnique sperato
successu et effectu cassæ.

Hæc quidem liberius ego ex animi mei sententià, cujus libertatis veniam enixè
rogo. At interim propter eximium donum maximas ago gratias ac V. Rev. totique
simul SS. Cordium Congregationi quod membra eruditione ac scientia adeò cons-
picua numerat, summoperè gratulor.

« Si nous pouvions vous exprimer un vœu, c'est celui de
« donner d'abord une seconde édition de votre *Lettre*, et ensuite,
« de nous exposer, avec un développement plus étendu, combien
« le P. Hahn avait peu besoin de recourir, comme l'eût fait un
« libre-penseur, à l'influence hystérique, pour expliquer, dans
« les écrits de sainte Thérèse, l'intervention divine ou diabolique,
« partout où elle se montre.

« Mille fois merci, encore une fois ; et que Dieu fournisse des
« ailes, s'il le faut, à votre *Lettre*, à tous égards parfaite, pour
« voler, car plus elle sera lue, plus elle fera de bien. »

Malgré toutes ces intances, je m'étais jusqu'à ce jour absolument refusé à entrer dans cette voie. Il est si fâcheux de voir des
religieux s'attaquer, se critiquer, se condamner, qu'il me paraissait inutile de continuer une polémique qui ne pouvait guère
avoir d'autre effet que de réjouir les incrédules et de scandaliser
les âmes faibles. D'ailleurs un vénérable Prélat que j'avais
consulté sur ce point, ne voulant pas m'en rapporter à mon
propre jugement, m'avait répondu : « Mon avis est qu'il y a à
« prolonger ce débat, bien plus d'inconvénient que d'avantage.
« Je crois que le but est atteint. Le *Mémoire* sera vite oublié et
« n'aura pas plus d'action pour altérer la foi des vrais fidèles que
« pour ramener les rationalistes à l'Évangile, ce dont le bon
« P. Hahn s'est fait l'illusion. Plus de bruit et d'éclat risquerait
« fort de causer du scandale. Je vous réponds en toute simplicité
« et je me trompe si mon sentiment n'est pas déjà l'écho du
« vôtre. » De son côté, notre Très Révérend Père Supérieur
m'écrivait : « Je ne me sens pas incliné à vous conseiller de
« continuer la polémique avec le P. Hahn ; je n'y vois pas une
« utilité suffisante. Il me semble que vous avez fait votre devoir ;
« vous avez attiré sur cette question, grosse de conséquences,
« l'attention de ceux qui ont la garde de la doctrine et de la
« vérité... Rome sera amenée à l'étudier et à dire son mot, selon
« sa manière ordinaire, *in pondere, in mensura et cum multa*
« *discretione*. Il faut savoir vaincre, mais aussi se contenter
« d'un succès relatif. »

J'aurais donc continué à garder le silence, si le parti que vous
avez pris, mon Révérend Père, de faire autographier et distribuer votre *Réponse*, ne m'avait mis dans une position d'autant
plus délicate que vos amis, paraît-il, répandent partout le bruit
que votre thèse est parfaitement soutenable et que vous avez

victorieusement répondu à toutes les objections. Fallait-il laisser cette opinion s'accréditer et continuer à me taire, comme si, accablé par la force de vos arguments, je n'avais rien trouvé à répliquer? J'étais fort perplexe, et dans mon embarras, j'ai cru devoir consulter un saint religieux, docteur en théologie, dont la modération est égale à la science. Voici ce qu'il m'a répondu : « ... Désireux de vous obliger autant que possible, j'ai voulu « demander à d'autres plus éclairés, ce que je pourrais vous « répondre. Je me suis adressé spécialement à notre T. R. Père « Provincial, l'homme du monde dont j'estime le plus la haute « intelligence, le sens pratique et la profonde piété. Je ne crois « pas pouvoir mieux faire que de vous transcrire une partie de sa « réponse : — « Je crois que le R. P. Touroude ferait bien de « réfuter la réponse autographiée du P. Hahn et de faire « connaître la vérité sur le jugement du Jury de Salamanque. « S'il donne ainsi le coup de grâce au *Mémoire* du R. P. Hahn, « il aura rendu un grand service et sainte Thérèse lui en saura « bon gré. »

Après un avis si formel et si décisif, donné par un homme mieux en position que personne d'apprécier la conduite à tenir, mes amis m'ont vivement engagé à surmonter mes répugnances et à publier à mon tour la réplique que je vous ai adressée le 8 avril, en la complétant par les renseignements qui me sont parvenus depuis. « Le livre trouve son éloge bien mérité, dit « M. Jungmann en parlant de votre *Mémoire*, dans ce jugement « du Jury de Salamanque qui l'a couronné. Et si l'un ou l'autre « serait surpris que l'auteur, dans son exposé sur l'organisme « physique de sainte Thérèse et dans ce qu'il dit sur les appari- « tions diaboliques et sur les peines corporelles de la Sainte, « s'écarte des opinions répandues, le jugement de ce Jury lui « sera une garantie, que l'auteur agit ainsi basé sur des raisons « graves et sans rien ôter à la vénération pour la Sainte (1). » Puisque c'est sur le jugement du Jury de Salamanque qu'on se fonde principalement pour glorifier votre *Mémoire*, et pour justifier votre opinion sur l'organisation hystérique et sur les visions de sainte Thérèse, commençons par vider cette question et par voir ce qu'il faut en penser.

(1) *Revue catholique de Louvain*, n° du 15 nov. 1883, p. 788.

I

Me pardonnerez-vous, mon Révérend Père, si je détache quelques fleurons de cette couronne dont on a si hautement et si
imprudemment exalté la valeur ? Me pardonnerez-vous si je
réduis à de modestes proportions le trophée élevé en votre honneur par des mains amies ? Après les explications si courtoises
et si bienveillantes que nous avons échangées, il m'en coûte
extrêmement, je vous assure, de détruire des illusions qui vous
étaient si douces. Mais vous connaissez ce mot d'un ancien :
Amicus Plato, sed magis amica veritas.

Si votre *Mémoire* n'était pas sorti de l'enceinte du petit
cénacle où vous l'aviez présenté, il est probable qu'on aurait
laissé passer sans conteste et la distinction qui vous a été
accordée au concours de Salamanque, et les éloges du P.
de Smedt qui a très adroitement glissé sur les points scabreux.
Mais vous l'avez répandu au dehors, vous l'avez exposé au
grand jour de la publicité, et alors il s'est trouvé des hommes
qui l'ont vu d'un autre œil que le Jury de Salamanque et le
savant doyen des Bollandistes. Plus ils l'examinaient, et moins
ils comprenaient comment le Jury de Salamanque, composé
d'hommes éminents, avait pu couronner une œuvre qui leur
paraissait téméraire, erronée, dangereuse pour la foi, inconvenante et scandaleuse, selon l'expression d'un Prélat italien. Ils
se demandaient à quel point de vue ce Jury s'était placé pour
que le P. de Smedt pût insérer dans la *Revue des Questions
historiques*, du 1er Avril 1884, le passage suivant : « Le Jury
« chargé de décerner les récompenses, à l'unanimité de ses
« membres, non seulement a jugé le *Mémoire* du R. P. Hahn
« supérieur à celui de tous ses concurrents, mais encore lui a
« reconnu un mérite absolu tel qu'il a voulu augmenter en sa
« faveur la valeur du prix destiné au vainqueur du Concours. »

Ce fut alors que des bruits étranges sur la manière dont la
décision du Jury avait été interprétée, commencèrent à se
répandre. Des personnes se disant bien informées, affirmaient
que les choses ne s'étaient pas du tout passées comme le racon-
tait le P. de Smedt. Je ne savais que penser : quand une

4

circonstance tellement inattendue que je serais tenté d'y voir
l'intervention de sainte Thérèse, si je ne craignais de vous faire
rire de ma simplicité, vint me fournir un moyen inespéré de
connaître la vérité. Un religieux de Salamanque, venu en France
au commencement du Printemps, avait par hasard entendu parler
de ma brochure. De retour à sa Communauté, il entretint les
autres Pères de la fâcheuse impression qu'avait causée l'approbation donnée à votre *Mémoire* et, sur le vif désir témoigné par
l'un d'eux, il me fit prier par un prêtre français de sa connai-
sance, de lui envoyer mon opuscule qui ne se vendait pas en
librairie. L'occasion était trop favorable pour ne pas en profiter.
Dès le lendemain, je lui adressai un exemplaire de ma brochure,
en le priant instamment de me faire connaître très exactement
la décision du Jury et l'opinion des membres qui le composaient.
Quelques jours après, je recevais une réponse très précise, très
détaillée, et contenant les renseignements les plus intéressants.
Je regrette, mon Révérend Père, que la longueur de cette lettre
ne me permette pas de vous la transcrire tout entière. « Quand
« j'ai pris la liberté de vous faire demander votre *Lettre* au
« R. P. Hahn, m'écrivait ce R. Père, je dois vous avouer, en
« toute simplicité, que je ne me proposais pas de la lire, et que
« toute mon intention était de satisfaire la légitime curiosité de
« mes Frères en Religion. Cependant quand j'ai su quel était le
« sujet du *Mémoire* et le sens de votre réponse, mon attention
« a été éveillée et, avant de vous avoir lu, je vous ai béni d'avoir
« pris la plume pour venger ma vénération à l'égard de sainte
« Thérèse, offensée par les conclusions étonnantes, j'allais dire
« scandaleuses, du R. P. Hahn.... Après la discussion lumineuse
« et si bien appuyée que présente la deuxième partie de votre
« *Lettre*, il me paraît impossible qu'un homme de bonne foi
« n'abandonne pas les conclusions outrageantes du R. P. Hahn.
« Ce sera la juste récompense de votre travail. Ce jugement
« vous dit, mon très Révérend Père, que je n'en ai pas négligé
« la lecture, et comme je ne m'y suis décidé que sur le conseil de
« nos Pères qui l'avaient lu les premiers, il vous dit en même
« temps le cas qu'ils en ont fait et l'approbation unanime qu'ils
« y ont donnée. Il n'y a eu parmi eux qu'une voix pour adhérer
« à vos conclusions et louer la clarté et la mesure de votre argu-
« mentation. Après les hautes approbations que vous avez déjà
« reçues, celle-ci sans doute n'a qu'une bien mince valeur, mais

« je ne suis pas moins heureux de vous en transmettre l'expres-
« sion..... Je suivrai désormais avec le plus vif intérêt la dis-
« cussion engagée, qui se terminera, je l'espère, par la réhabili-
« tation de sainte Thérèse. Votre modestie cherchera sans doute
« à cacher votre triomphe, mais il n'en sera pas moins réel.....
« J'arrive à présent à la Commission qui, d'après le R. P. Hahn
« et ses défenseurs, aurait à l'unanimité adopté et couronné son
« Mémoire..... Les Mémoires à examiner étaient fort nombreux
« et quelquefois fort étendus, les membres de la Commission
« durent se partager le travail et s'en remettre au rapporteur de
« chacun d'eux. C'est à un dignitaire du Chapitre de Sala-
« manque qu'échut le Mémoire du R. P. Hahn. Il apporta,
« paraît-il, le plus grand soin à l'examiner et en rendit un
« compte détaillé à la Commission dans laquelle une voix s'éleva
« pour réclamer le prix au nom d'un autre travail, et bien que
« Mgr l'évêque de Salamanque qui présidait demandât l'avis de
« tous, aucun vote ne fut émis ni sur la valeur desdits tra-
« vaux, ni sur le prix qu'ils pourraient mériter (1). C'est
« l'évêque qui demeura juge des récompenses à décerner, si bien
« que je serais tenté de considérer la Commission comme ayant
« eu plutôt un caractère consultatif, un seul membre opinant
« sur chaque travail, bien que tous les autres eussent un droit
« d'observation dont ils n'ont pas usé. L'évêque de Salamanque
« et le R. Père Recteur des Jésuites qui faisait partie de la Com-
« mission, connaissaient l'auteur du Mémoire. Aussi Monsei-
« gneur, plein de confiance dans la Compagnie qui semblait pa-
« tronner le travail de l'un de ses membres, ne crut pas pouvoir
« lui refuser une distinction. Cependant, comme le Mémoire
« n'avait pas répondu au thème proposé sous le n° 3 du pro-
« gramme, pour le grand prix de 10,000 réaux (2,500 francs)
« auquel il prétendait concourir, ce prix ne put lui être attribué.

(1) Afin de n'avancer que des choses parfaitement exactes, j'ai envoyé à
Salamanque, avant de la livrer à l'impression, toute cette partie de ma lettre
qui se rapporte au jugement de la Commission du centenaire. Or, voici
l'observation que m'adresse sur ce passage mon obligeant correspondant :
« Le membre du Jury qui m'a fourni ces renseignements, tient à donner
« l'explication de ses paroles. Il n'entend nullement décliner la responsabilité
« qu'il peut avoir dans la décision. S'il est vrai qu'on n'a pas voté, on a du
« moins opiné par une approbation tacite qui moralement équivaut à un vote. »
On voit avec quelle scrupuleuse attention ces renseignements ont été donnés.

« Bien plus, le prix destiné au thème qui s'en rapprochait le plus
« (le n° 5 du programme), fut décerné à un autre concurrent,
« docteur médecin de la ville de Grenade, et le R. P. Hahn reçut
« une médaille d'or qui restait disponible, parce qu'aucun travail
« n'avait été présenté sur la question à laquelle il correspondait.
« C'est du moins ce qui résulte d'une conversation de Mgr l'Évêque
« de Salamanque avec un religieux de qui je tiens la plus grande
« partie des renseignements qui précèdent.

« Mgr l'Évêque de Salamanque qui a connu par une feuille
« portugaise l'existence de votre *Lettre*, sachant que nous
« en étions possesseurs, en a fait demander communication :
« il l'a à cette heure même entre les mains, et il serait très
« heureux, je crois, si vous vouliez lui faire hommage d'un
« exemplaire. Le Prélat proteste ne s'être pas rendu compte
« des conclusions attaquées, *qu'il n'approuve nullement*, et
« se réserve, au moment opportun, d'écrire à Rome le détail de
« cette affaire.

« Pour le Chanoine rapporteur, il aurait, disait-il hier,
« formulé des réserves sur certains passages du *Mémoire*, tout
« en louant la science et le labeur consciencieux de l'auteur ;
« mais il ne se souvient pas d'y avoir remarqué les passages qui
« soulèvent une juste réprobation.

« Au reste, le religieux qui a causé avec Monseigneur et avec
« le Chanoine rapporteur, m'offrant une relation détaillée de
« leur conversation, je crois plus sage de me borner à vous
« l'adresser.....»

A cette lettre était joint un compte-rendu, que j'oserais presque qualifier d'officiel, puisqu'il a été rédigé par un religieux,
immédiatement après une longue conférence avec Monseigneur
l'Évêque de Salamanque et le Chanoine rapporteur. Cette pièce
est trop importante et élucide trop bien la question pour que je
ne la transcrive pas ici tout entière :

« Les nombreux travaux faits en l'honneur de sainte Thérèse
« ont été distribués entre les huit membres du Jury. La Commis-
« sion réunie s'est seulement réservé le droit de les juger, d'après
« les rapports qui en seraient faits. Le travail du P. Hahn a été
« confié à un Chanoine de la cathédrale, qui seul a pu l'étudier
« sérieusement. Tous les autres l'ont connu par le rapport. Ce
« Chanoine m'a dit que ce travail considéré matériellement avait
« ceci de particulier, qu'un nombre assez considérable de pages

« étaient en tout ou en partie cachées par des bandes de papier,
« collées et couvertes d'écritures. On a pensé que c'étaient des
« corrections apportées au texte primitif, qui peut-être a reparu
« dans la publication du P. Hahn. On a accepté ce manuscrit,
« malgré sa forme défectueuse, à cause de la lettre d'excuses qui
« l'accompagnait.

« Ce même Chanoine m'a dit, qu'après avoir étudié sérieuse-
« ment le travail du P. Hahn, il le dépeignit dans son rapport :
« a) comme un travail qui lui paraissait remarquable au point
« de vue médical, faible au point de vue théologique ; — b) com-
« posé avant que l'on parlât du Centenaire de sainte Thérèse,
« retouché depuis, pour être mis en harmonie avec les exigences
« du programme ; — c) comme pouvant s'appliquer quoique
« imparfaitement, au thème indiqué sous le n° 5 ; mais ne traitant
« pas la question du n° 3, pour laquelle cependant le P. Hahn
« prétendait concourir. — d) Ce même Chanoine apprit à la
« Commission que le P. Hahn considérait comme scientifique-
« ment prouvée l'hystérie de sainte Thérèse ; — e) et enfin que le
« travail de ce Père contenait certaines propositions *hasardées* (1),
« comme par exemple : « Celui qui voudrait prouver contre les
« rationalistes l'existence du surnaturel, ne trouverait peut-être
« pas un fondement solide dans quelques-uns des faits rapportés
« par la Sainte, comme la vision du crapaud et la guérison
« miraculeuse par saint Joseph. »

« Ce Chanoine m'a affirmé qu'il n'a remarqué dans le travail
« du P Hahn aucune proposition qui indiquât que les appari-
« tions diaboliques dont parle sainte Thérèse pourraient *peut-*
« *être* s'expliquer par l'hystérie ; moins encore une proposition
« qui indiquât que telle fût l'opinion personnelle du P. Hahn.

« Le Chanoine tout naturellement n'a pas parlé dans son
« rapport de ce qu'il n'avait pas remarqué dans le travail, et la
« Commission n'a pu approuver par conséquent aucune des deux
« propositions indiquées ci-dessus.

« L'approbation de la Commission non seulement doit être
« limitée à ce qu'elle a connu du travail, mais encore elle doit
« être expliquée.

« On a admis le mérite scientifique du travail et reconnu en
« même temps son peu de valeur théologique. — On n'a ni

(1) Les mots en *italique* sont soulignés dans le compte-rendu manuscrit.

« approuvé ni condamné l'affirmation du P. Hahn, que sainte
« Thérèse a été hystérique, parce que cette opinion est partagée
« par des médecins espagnols très catholiques ; que d'après ce
« qu'ont dit des médecins renommés de Madrid, une semblable
« affirmation en soi n'est pas de nature à entacher la mémoire
« de la Sainte. L'opinion des membres du Jury est que sainte
« Thérèse n'était pas hystérique.

« On n'a pas voulu relever la proposition citée plus haut et
« qualifiée de *hasardée* par le Chanoine, parce qu'on a cru
« qu'elle devait s'interpréter ainsi. Parmi les faits surnaturels
« racontés par la Sainte, il y en a qui, soit par leur nature, soit
« par les circonstances de la narration, sont plus propres que
« d'autres à une démonstration du surnaturel ; d'autres qui, sous
« ce double rapport, le sont moins : tels que la vision du crapaud,
« la guérison miraculeuse attribuée à saint Joseph. On a pensé
« qu'une concession aussi insignifiante ne méritait pas d'être
« relevée.

« En conséquence, on a refusé au P. Hahn le prix du n° 3,
« auquel il prétendait. On a rangé son travail parmi ceux du
« thème n° 5. On ne l'a *aucunement jugé le meilleur* entre ces
« derniers ; on ne lui a pas même décerné le prix du n° 5, *ni un*
« *prix supérieur*, au moins dans la pensée de la Commission,
« quoi qu'il soit peut-être possible de chicaner sur la valeur
« matérielle.

« On a voulu reconnaître la bonne volonté du P. Hahn, la
« peine considérable qu'il avait prise, le mérite scientifique de
« son travail, et à ce travail on a donné le prix du n° 13 *qui*
« *n'avait pas d'emploi*.

« Le Chanoine rapporteur m'a dit, que son désir à lui,
« comme celui de Monseigneur, était qu'avant de se servir des
« renseignements que je donne, le P. Touroude provoquât le P.
« Hahn à peu près en ces termes : — « Votre unique argument
« sérieux, mon Révérend Père, est l'approbation du Jury de
« Salamanque. Je répugne à croire que des hommes instruits,
« sérieux, vous le dites vous-même, réunis tout exprès pour
« honorer sainte Thérèse, aient approuvé si pleinement un
« travail, qui précisément souille la mémoire de la Sainte. Je ne
« puis accorder un pareil jugement avec les sentiments de
« profonde vénération et d'amour filial, qui très certainement les
« animaient. Je ne puis davantage expliquer un tel jugement

« par la négligence ou la précipitation, puisque, dites-vous, ils
« sont graves et sérieux. Il faut que nous sachions à quoi nous
« en tenir sur cette approbation. Demandez au Jury de bien
« expliquer sa pensée. Peut-être que vos illusions se dissiperont.
« Si vous jugez à propos de garder le silence, vous ne vous
« étonnerez pas si je fais moi-même une démarche si utile
« pour connaître la vérité. » — Le Jury de Salamanque donnera
« une réponse officielle et détaillée, il expliquera clairement et
« en détail son approbation et ce que signifie la récompense
« décernée au P. Hahn.

« Il me semble que dans l'intérêt de sa thèse, d'ailleurs si
« vraie et si pieuse, le P. Touroude doit suivre cette marche.
« Il pourra opposer à son adversaire un document officiel au
« lieu de mes affirmations qui, naturellement, ne valent pas
« autant. Si je pouvais, je le prierais moi-même de suivre la
« marche indiquée par Monseigneur. J'ai fait ce que j'ai pu pour
« bien comprendre la pensée de Monseigneur et du Chanoine ;
« j'ai fait ce que j'ai pu pour les reproduire exactement ; qui sait
« cependant si sur quelques points, je ne me suis pas trompé ?
« Qui sait même si Monseigneur et le Chanoine ne devront pas
« modifier quelques détails qu'ils ont pu affirmer avec la meil-
« leure bonne foi du monde, car il s'agit de faits anciens et très
« complexes. »

En même temps que cette pièce, afin que je pusse mieux
en comprendre le sens, on m'envoyait le programme du Concours, annoté, au crayon bleu, de la propre main de Monseigneur
l'Évêque de Salamanque.

Après avoir lu ce compte-rendu si clair, si précis, si réservé,
consciencieux jusqu'au scrupule, direz-vous encore, mon Révérend Père, comme vous me l'écriviez le 21 juin, que « tout
« cela est un tissu de calomnies inventées par des personnes qui
« se prétendent bien informées. »

Cependant, je ne m'en suis pas encore tenu là. En m'invitant
à envoyer mon opuscule à Monseigneur l'Évêque de Salamanque
et en me transmettant de sa part un projet de lettre à votre
adresse, on me fournissait un moyen tout naturel de prier le
vénérable Prélat de hâter, autant que possible, la protestation
officielle et publique qu'on me faisait espérer. Je ne manquai
pas d'en profiter. Je lui écrivis une assez longue lettre, dans
laquelle, après lui avoir parlé des renseignements que je venais

de recevoir et lui avoir cité l'article du P. de Smedt,
j'ajoutais : « Comment a-t-on pu dénaturer ainsi complètement le
« verdict du Jury et transformer en premier prix ce qui n'était,
« paraît-il, qu'une simple récompense ? Comment les membres
« de la Commission n'ont-ils pas encore hautement protesté
« contre l'interprétation donnée à leur décision ?..... Quant à
« écrire au R. P. Hahn, comme Votre Grandeur m'en fait
« exprimer le désir, il n'y a pas à y songer. Au point où en sont
« les choses, je ne pourrais lui adresser une pareille invitation,
« sans lui faire la plus sanglante injure et sans lui donner à
« penser que je le prends ou pour un sot ou pour un faussaire ;
« pour un sot, s'il n'a pas compris la décision du Jury ; pour un
« faussaire, si l'ayant comprise, il l'a sciemment dénaturée et
« lui a donné une portée qu'elle n'a pas. Il me traiterait, avec
« raison, d'impertinent, et très probablement il ne daignerait
« pas me répondre. Heureusement, la brochure de M. l'abbé
« J. Morel, en réponse à l'article du P. de Smedt, va, sans
« blesser personne, mettre tout le monde dans la nécessité de
« s'expliquer clairement. »

Je fus encore trompé dans mon attente. Quand ma lettre et
ma brochure arrivèrent à Salamanque, Monseigneur était parti,
et ce ne fut qu'au bout d'une quinzaine de jours qu'il m'écrivit,
à la hâte, du Monastère de Saint-Thomas d'Avila, quelques
lignes pour me remercier et pour m'assurer qu'il approuvait
mes idées, la forme que j'avais su leur donner et la courtoisie
avec laquelle j'avais traité cette question (1).

Le Prélat ne me parlait pas de la décision de Salamanque et,
de leur côté, les membres du Jury continuaient à garder le
silence ; cela se conçoit. Monseigneur de Salamanque, aujour-
d'hui Évêque de Madrid, est, paraît-il, le meilleur des hommes.
Très affectueux, très bienveillant, très généreux, aimant à
faire plaisir à tout le monde, il était fort contrarié de voir un
membre de la Compagnie de Jésus, un professeur de Louvain,
sortir du Concours sans la moindre distinction, tandis que plu-

---

(1) Aunque con algun retraso por hallarme fuera de Salamanca he recibido su
carta de Ud, fecha 16 del actual y el ejemplar del folleto que ha publicado en
refutacion de las opiniones del Jesuita P. Hahn sobre santa Teresa. Agradezco el
obsequio y si bien la falta de tiempo no me ha permitido enterarme bien de su
escrito, bien puedo manifestarle que me agradan las ideas y las formas que Ud
emplea y no menos los miramientos que guarda al tratar el asunto Se ofrece
a'Ud como seguro servidor y capellan afectisimo que le bendice. — El Obispo de
Salamanca.

sieurs religieux, appartenant à d'autres Ordres, avaient obtenu
des premiers prix. Aussi, profitant avec bonheur de l'éloge que
le Rapporteur avait fait de votre *Mémoire* au point de vue littéraire et scientifique, il proposa à la Commission de vous allouer
la médaille d'or, destinée au n° 13, et restée sans emploi, parce
qu'aucun concurrent ne s'était présenté pour disputer ce prix ;
personne ne fit opposition à cette proposition, et c'est ainsi,
mon Révérend Père, que la médaille d'or vous fut attribuée. Ce
n'était pas un prix, à proprement parler, mais une récompense à
votre bonne volonté et à la peine que vous aviez prise. Le vénérable Évêque était loin de prévoir les désagréments que lui
attirerait cette politesse faite, en votre personne, à la Compagnie
de Jésus.

« A la première communication de votre travail, m'écrit-on,
« l'Évêque s'émut quelque peu. Les journaux de la capitale des
« diverses nuances qui lui étaient hostiles, s'étaient emparés de
« l'erreur dans laquelle il était tombé avec la Commission du
« Centenaire de sainte Thérèse et qu'il avait paru sanctionner
« de son autorité. Tout cela lui causait en même temps qu'un
« sincère déplaisir, un ennui profond, et je crois qu'il eût estimé
« le silence étouffant la question, comme la meilleure et la plus
« désirable des solutions. Il réunit pourtant une fois, dans le
« courant du mois de Mai, tous les membres de l'ancienne Com-
« mission, et, puisque le R. P Hahn conteste l'exactitude des
« renseignements que vous lui avez transmis et les repousse
« comme des calomnies, il peut consulter le R. P. Martin, rec-
« teur des Jésuites, qui était présent, et qui pourra rendre compte
« à son confrère de Louvain de ce qui fut dit dans la réunion.
« On déplora *unanimement* le sens attribué à la décision du
« Jury. On lut le compte rendu, signé de tous les membres,
« constatant, comme je vous l'ai écrit, que le *Mémoire* du
« P. Hahn n'avait pas répondu au n° 3 du programme, mais
« qu'il avait été classé d'office sous le n° 5 ; que le prix du N° 5
« avait été donné à un médecin de Grenade, mais que le Jury
« profitant de la faculté qu'il avait d'augmenter les prix, quand
« il le jugeait convenable, avait attribué au *Mémoire* du Père
« Hahn une médaille d'or. Au fond de cette phrase ambiguë, il
« n'y a, je crois, qu'une consolation ménagée à l'amour-propre
« de l'auteur, mais dont l'expression dépasse le but. Comme je
« vous l'ai dit, l'Évêque, qui avait à l'avance déterminé et fourni

« les récompenses, était maître absolu de les distribuer suivant
« sa conscience, et, trouvant libre la médaille d'or destinée au
« n° 13, il fut heureux de l'attribuer au P. Hahn, en l'accom-
« pagnant de paroles aimables auxquelles le P. Hahn a, de bonne
« foi, donné un sens qui n'était pas le véritable. »

Toutefois, le Prélat a pensé, avec raison, que sa dignité ne lui
permettait pas de s'occuper des diverses interprétations données
à cet acte de courtoisie ; et, de leur côté, les membres du Jury,
pour ne pas paraître accuser un Évêque qu'ils vénèrent, n'ont
pas cru devoir protester contre le jugement qu'on leur attribue.

« En résumé, ajoute en terminant mon honorable corres-
« pondant, comme je vous l'ai écrit dès le premier jour, personne
« ne s'était rendu compte exactement des opinions du P. Hahn
« et, quand on les a vues si clairement découvertes par votre
« brochure, ce fut à qui les réprouverait plus hautement et en
« déclinerait la responsabilité. Aujourd'hui, pas un membre de
« la Commission n'approuverait le Mémoire du P. Hahn. Mais
« attendre du Jury et de l'Évêque une déclaration publique, ce
« serait, je crois, un vain espoir, à moins qu'un nouvel incident
« ne les y contraigne. Ce que tous demandent, c'est le silence et
« l'oubli ; mais le P. Hahn, qui y aurait quelque intérêt, ne
« paraît pas s'y prêter, et la piété filiale des enfants et des amis
« de sainte Thérèse, n'y trouverait certainement pas une satis-
« faction suffisante. »

Mais qu'est-il besoin, mon Révérend Père, d'une déclaration
publique et solennelle ? Ne suffit-il pas de rapprocher ce que
vous avez dit vous-même, en diverses circonstances, pour reconnaître que votre travail, quelque mérite qu'il puisse avoir, n'a
remporté aucun prix. Les derniers mots de votre Mémoire
prouvent clairement que vous vous proposiez de concourir pour
le grand prix de dix mille réaux (2,500 fr.). Le Jury a trouvé
que vous n'aviez pas saisi le sens de la question posée sous le
n° 3 du Programme et conçue en ces termes : « Quand les ratio-
« nalistes accordent à sainte Thérèse de Jésus une grande
« facilité et une grande force de réflexion, une reconnaissance
« claire, exacte et profonde des fonctions et des actes de son
« âme, ils nous offrent, même sous ce point de vue, une preuve
« concluante pour démontrer que la savante Sainte était parfaite-
« ment capable de distinguer entre le naturel et le surnaturel et
« qu'elle ne se faisait pas illusion, quand elle nous parle de ce

« second ordre avec autant d'assurance que du premier. » En effet, si, comme vous le prétendez, mon Révérend Père, sainte Thérèse s'est trompée sur les visions diaboliques, elle n'était donc pas parfaitement capable de distinguer entre le naturel et le surnaturel, elle était donc victime d'une illusion; c'est-à-dire que vous soutenez dans votre thèse, précisément le contraire de ce qu'il s'agissait de prouver. Aussi non seulement le Jury ne vous a pas accordé le prix, mais il ne vous a pas même admis à concourir sur cette question, et il a classé d'office sous le n° 5, votre travail qui paraissait se rapprocher davantage du thème proposé sous ce numéro « Les extases et les ravissements de « sainte Thérèse de Jésus, tels qu'elle les décrit, ne sont pas l'effet « de quelque maladie ou de quelque accident naturel, mais pro- « viennent uniquement de la grâce de Dieu. » — *Étude de con-* *troverse contre les naturalistes qui prétendent expliquer tout* *par les forces cachées de la nature.*

PRIX: *Les Œuvres photographiées de la Sainte.*

Le Jury estimant que votre *Mémoire* traitait cette question d'une manière imparfaite, ne vous accorda pas le prix et l'adjugea au Dr Péralès, médecin à Grenade.

Mais si vous n'avez eu ni le prix du n° 3, ni le prix du n° 5, avez-vous au moins obtenu le prix du n° 13? Pas davantage. Votre *Mémoire* n'avait aucun rapport avec le sujet proposé sous ce numéro. » Dernier voyage de la sainte Fondatrice, de « Burgos à Albe de Tormès. » — *Chant ou romance en vers* *de dix syllabes...* PRIX. *Une médaille d'or.*

Personne n'ayant concouru pour ce prix, c'est cette médaille demeurée sans emploi, qui vous a été gracieusement accordée, mon Révérend Père, comme le prouve l'annotation faite de la main même de Mgr de Salamanque, sur le programme qui m'a été envoyé.

Ce n'est pas tout. Pour faire tomber les bruits qui couraient à cette occasion, je m'étais permis de vous engager à publier purement et simplement le texte de la décision du Jury qui vous avait été adressée. Vous avez accueilli ma demande avec empressement et, dès le lendemain, vous m'envoyiez le texte suivant: « Quatre *Mémoires* ont été présentés sur le sujet proposé, « sous le n° 5, trois étaient en langue espagnole et portaient « les n°s 37, 114 et 129; le quatrième était en français et por- « tait le n° 56. A ce dernier qui avait pour devise : « Pour moi, « Je suis persuadée, etc... », en vertu de la faculté qu'a le jury

« d'augmenter les prix, quand il le juge convenable, il a été
« assigné une médaille d'or (1). »

Puis vous ajoutez, mon Révérend Père, : « Voilà la formule
« lue en public : le P. de Smedt avait-il raison ou non? »

Evidemment le passage du procès-verbal concernant le n° 5 est
tronqué et incomplet, nous n'en avons ici qu'une partie : on ne dit
pas à qui le prix affecté à ce numéro a été accordé. Nous avons
déjà vu qu'il avait été décerné à un médecin de Grenade. Mais
si vous n'avez reçu que cette phrase ambiguë qui ne précise rien,
qui n'indique ni comment, ni à quel titre cette médaille d'or vous
a été assignée, où donc le R. P. de Smedt a-t-il puisé les renseignements d'après lesquels il a écrit ce passage cité partout,
qu'on nous objecte à chaque instant et qui a fait une si grande
impression sur les lecteurs de la *Revue des Questions histo-*
riques ? « Le Jury chargé de décerner les récompenses, à l'una-
« nimité de ses membres, non seulement a jugé le *Mémoire* du
« R. P. Hahn supérieur à celui de tous ses concurrents; mais
« encore lui a reconnu un mérite absolu tel qu'il a voulu aug-
« menter en sa faveur la valeur du prix destiné au vainqueur du
« Concours. »

Mais si c'était bien là l'opinion du Jury, il me semble qu'il
aurait dû la consigner dans le procès-verbal signé par tous ses
membres ; il me semble qu'il aurait dû la proclamer bien haut
dans la déclaration lue en public ; il me semble qu'il aurait dû
s'empresser de vous transmettre le texte exact et complet d'un
jugement si glorieux pour vous, au lieu de vous envoyer une
phrase vague, comme s'il avait été embarrassé pour motiver sa
décision. S'il n'a rien fait de tout cela, n'est-ce pas parce qu'il
avait une opinion toute différente de celle qu'on lui attribue?

Oui, encore une fois, si c'est sur ce bout de phrase que le
P. de Smedt s'est basé pour faire de votre *Mémoire* un si
pompeux éloge, je n'hésite pas à répondre à votre question : « Le
P. de Smedt a-t-il raison oui ou non ? »

Non, le P. de Smedt n'a pas raison ; il se trompe complé-

(1) Quatro escritos se han presentado el tema 5"; de ellos tres en castellano
que llevan los números 37, 111 y 129; y el otro en frances, designado con el
n° 56. A esto ultimo cuyo lema es. « Pour moi, je suis persuadée, etc... » en
« virtud de las atribuciones que tiene el Jurado para aumentar los premios, cuando
« a si lo estime conveniente, se le asigno una medalla de oro. »

tement. Il se trompe, quand il affirme que « le Jury, à l'unanimité de ses membres, a jugé le *Mémoire* du P. Hahn supérieur
à celui de tous ses concurrents », puisque le Jury a décerné les
prix à d'autres rivaux.

Il se trompe, quand il affirme que « le Jury a reconnu à ce
« *Mémoire* un mérite absolu tel qu'il a voulu augmenter en sa
« faveur la valeur du prix destiné au vainqueur du Concours. »
Il s'est mépris sur le sens de ces mots : *augmenter les prix,
aumentar los premios*. Cette expression est susceptible de deux
sens : on peut augmenter les prix, soit quant à la *valeur*, soit
quant au *nombre*. Or, c'est dans ce dernier sens qu'elle doit
être entendue. Et en voici la preuve. Le programme proposait
vingt sujets à traiter ; à chacun était affecté un prix unique. Par
exception, après avoir accordé le prix du n° 5 à un médecin de
Grenade, on a gracieusement attribué une médaille d'or au
Mémoire du P. Hahn. On avait donc augmenté pour ce n° 5
le *nombre* des récompenses

Aussi, je n'en doute pas, si, par hasard, le P. de Smedt
dont tout le monde reconnaît la parfaite loyauté aussi bien que
la science profonde et la vaste érudition, revient jamais sur ce
sujet, il se fera, j'en suis persuadé, un devoir de supprimer ou
de modifier cette appréciation qui est une injustice et presque
une injure pour vos concurrents, comme il a, sans fausse honte,
modifié et corrigé un autre passage du même article qui avait
étonné et presque scandalisé beaucoup de gens, quand il avait
dit : « Celui qui a le bonheur de croire et de bien connaître les
« obligations que sa foi lui impose, sait que les faits miraculeux
« qu'il doit croire sont en très petit nombre ; ils se réduisent à
« ceux que Jésus-Christ et les Apôtres ont présentés comme des
« preuves de leur mission divine, et qui se trouvent consignés
« comme tels dans les Livres Saints. » Mais je n'insiste pas sur
ce point, M. l'abbé J. Morel ayant déjà relevé et réfuté ce qu'il
peut y avoir d'excessif dans l'article du P. de Smedt.

Il ne sera donc plus question, j'espère, du jugement du Jury
de Salamanque et si, jouant sur les mots, quelqu'un répète encore, mon Révérend Père, que votre *Mémoire* a été *couronné*
au concours du Centenaire de sainte Thérèse, parce qu'on vous
a accordé une médaille d'or, personne n'osera plus s'appuyer sur
la décision du Jury, pour justifier certaines propositions que
vous avez émises.

. En deux mots : l'Évêque et le Jury de Salamanque, bien loin de partager vos idées sur l'hystérie et les visions diaboliques de sainte Thérèse, les réprouvent formellement ; ils ne vous ont décerné aucun prix ; ils vous ont seulement attribué gracieusement une médaille d'or, en considération de votre mérite personnel et de l'illustre Compagnie à laquelle vous appartenez.

Voilà toute la vérité sur le jugement du Jury de Salamanque.

Venons maintenant à la *Réponse* que vous m'avez adressée et que vous jugez sans doute d'un très grand poids, puisque vous vous êtes décidé à la faire autographier.

II

C'est, vous le savez, mon Révérend Père, pour me conformer à la volonté de notre Très Révérend Père Supérieur Général, et non pour suivre mes goûts, que j'ai dû essayer de montrer ce qu'il pouvait y avoir de dangereux pour la foi des âmes faibles et de blessant pour la personne de sainte Thérèse, dans le *Mémoire* que vous avez publié à l'occasion du Centenaire de l'incomparable vierge d'Avila. Le bon Dieu a-t-il voulu récompenser mon obéissance ? Je ne sais. Toujours est il que ce modeste travail a produit une impression à laquelle j'étais loin de m'attendre et m'a attiré non seulement de toutes les parties de la France, mais encore de l'Espagne, de l'Italie, de l'Autriche, de la Hongrie, de l'Allemagne, de la Hollande, de la Belgique et même de l'Amérique, les plus hautes et les plus flatteuses approbations. « J'ai lu votre « *Lettre* au R. P. Hahn, m'écrivait dès le premier jour un véné- « rable Archevêque, l'argumentation m'en a paru très solide. » — « J'ai lu votre lettre d'un bout à l'autre, avec le plus vif in- « térêt, me mandait à son tour le Supérieur d'un Grand-Séminaire. « et je vous dirai sans flatterie, que vous vous êtes surpassé : la « forme, le style, le raisonnement sont parfaits... Vous démontrez « victorieusement que sainte Thérèse n'était point hystérique. • Vos preuves sont péremptoires... Vous mettez aussi à néant la « distinction imaginée par le P. Hahn, entre les apparitions dia- « boliques et les apparitions divines : on ne peut mieux dire. »

Au même moment, un prêtre éminent mandait à son frère : « J'ai reçu la *Lettre* de M. Touroude ; je l'ai fait lire autour de

« moi. Tous ici nous sommes unanimes à le remercier de son
« travail. qui est à la fois savant, des plus solides, l'œuvre d'un
« homme qui possède sa matière à fond et dont la forme est par-
« faite. Quel soulagement à la sainte famille du Carmel ! »

« Très Révérend Père, » m'écrivait un Prélat italien, Supérieur d'un grand établissement de Rome : « Votre livre m'est
« arrivé hier à 9 heures du matin et j'ai commencé, je ne dirai
« pas à le lire, mais à le dévorer. Dès l'après-midi, il était entre
« les mains de Mgr le Promoteur de la Foi, qui étudie cette scan-
« daleuse question. Voilà pourquoi je n'ai pu finir de le lire ; ce
« sera pour plus tard. Mais d'après les quelques pages que j'ai
« parcourues, j'ai vu que c'était un travail très important qui
« atteint l'adversaire en pleine poitrine, qui lui arrache les armes
« des mains et le transperce avec sa propre épée. Que sainte
« Thérèse vous comble de ses bénédictions, comme ses enfants
« vous comblent de leurs éloges... Je serais charmé si vous vouliez
« bien adresser un exemplaire de votre *Lettre* à S. Ém. le Car-
« dinal Bartolini, Préfet de la Sainte-Congrégation des Rites (1). »

« C'est avec un intérêt toujours croissant, me disait à son tour
« un Rév. Père Carme, que je viens de lire votre *Lettre* au
« P. Hahn. Ils seront peu nombreux, j'en suis sûr, ceux qui n'y
« verront pas, après l'avoir lue, une réfutation aussi sérieuse
« dans le fond que pleine de courtoisie dans la forme. Vos objec-
« tions au P. Hahn lui seront peu aisées à résoudre ; votre dia-
« lectique claire et solide, me semble faire bonne justice de ses
« déductions hasardées... Avec votre argumentation pressante,
« malgré ses allures toujours calmes et parfois même trop mo-
« destes, vous le serrez de si près qu'il lui sera difficile de vous
« donner les explications que vous sollicitez en terminant, et qui
« sont cependant nécessaires pour justifier la palme décernée à
« son œuvre par le Jury de Salamanque »

« Déjà de divers côtés, m'écrit un Vicaire Général, j'ai entendu

(1) Molto Reverendo Padre... Il libro arrivatomi ieri alle 9 ant. e cominciato
ad essere da me, non letto, ma divorato, dopo mezzogiorno era nelle mani di
Mons. Procuratore della Fede, che studia su questa scandalosa quistione. Io quindi
non ho potuto finire di leggerlo ; lo finirò appresso : intanto delle pagine discorse
ho veduto ch'è lavoro importantissimo che affera cioè l'avversario pel petto, gli
leva di mano l'arma e lo ferisce colla sua medesima spada. Che S. Teresa colmi lei
di benedizioni, come tuti i suoi figli la ricolmano di elogi...
Mi piacerebbe, quando prima se ne mandasse copia all' Em. Cardinale Bartolini,
Profetto della Sacra Congregazione de' Riti

« dire que vous réfutiez victorieusement la thèse incroyable du
« R. P. Hahn, thèse, hélas ! couronnée à Salamanque ! Il me
« semble que les vieux *Salmanticenses* ont dû tressaillir d'indi-
• gnation dans leurs tombeaux lorsqu'ils ont entendu couronner
« cette thèse. Votre lettre n'eût-elle été qu'une protestation, vous
« eussiez déjà très bien mérité ; mais c'est une réfutation. Aussi
« je crois que sainte Thérèse aimerait mieux que la couronne
« de Salamanque vous fût décernée plutôt qu'au P. Hahn. Les
« admirateurs et les dévots de la grande Sainte sont certaine-
• ment de cet avis. Et j'ose me dire du nombre. »

Enfin un prêtre éminent, bien connu par sa science théologique, daignait m'adresser tout dernièrement ces quelques lignes :
« Le *Mémoire* du P. Hahn exigeait une réponse et je suis heu-
« reux de constater que la *Lettre* que je viens de lire avec le plus
« vif intérêt, donne cette réfutation complète et solide. La limpi-
« dité de l'exposition répond à la solidité de la doctrine. Que
« M. T. agrée avec l'expression de ma gratitude, mes plus sin
« cères félicitations. .

Et maintenant, mon Révérend Père, n'allez pas croire qu'ébloui
par ces pompeux éloges (je sens trop bien dans mon for intérieur
tout ce qu'il faut en rabattre), je m'imagine que mon opuscule
sera accueilli sans contradiction par tout le monde. Je ne me suis
jamais fait illusion sur l'opinion que pourraient avoir de mes
arguments les Charcot, les Bourneville, les Richer et leurs nombreux adeptes. Je n'ai jamais douté que si ma *Lettre* était lue
dans un aréopage de médecins matérialistes, comme malheureusement ils sont presque tous aujourd'hui, on déclarerait sans
hésiter que je parle des phénomènes hystériques, comme les
aveugles parlent des couleurs. N'est-ce pas même un peu votre
sentiment, mon Révérend Père ? Vous m'accablez sous le poids
de votre science médicale et de votre expérience personnelle.
« Le premier objet qui nous divise, m'écriviez-vous le 6 avril,
« est la nature de la maladie de la Sainte. Vous conviendrez avec
« moi que c'est une question plutôt médicale que sacerdotale. Les
« médecins se trompent souvent dans leurs diagnostics, — *mais*
« *ceux qui ne pratiquent pas la médecine ont encore plus de*
« *chance* de tomber dans l'erreur. *A force de traiter le corps*
« *humain, on apprend à le connaître*, et telle hypothèse qui
« sourirait assez à un *profane*, sera rejetée de prime abord par
« un *homme du métier*. Professeur de physiologie depuis plu-

« sieurs années déjà, *familiarisé par des expériences person-*
« *nelles* avec les phénomènes de la vie animale, *témoin assez*
« *souvent des crises de l'hystérie,* en commerce perpétuel avec
« des professeurs de médecine, je me serais cependant gardé
« d'énoncer publiquement une opinion sur la maladie de notre
« Sainte, si je n'avais soumis mon sentiment à l'appréciation de
« trois professeurs de médecine, et si tous les trois ne l'avaient
« approuvé. Ce que je désirerais donc de vous, M. l'Abbé, c'est
« de vous voir consulter un médecin : s'il partage votre avis, je
« me mettrai à discuter les difficultés particulières qu'il soulèvera
« contre ma dissertation et qui, j'en suis sûr, ne seront pas iden-
« tiques à celles que vous me faites à l'heure actuelle. » Ce qui
veut dire poliment, mais clairement, mon Révérend Père, que
vous me trouvez trop ignorant pour vouloir discuter avec moi des
questions médicales.

Eh bien ! oui, j'en conviens ingénument et sans honte, je suis
un *profane* ; jamais je n'ai suivi les cours d'une faculté de médecine et jamais la pensée ne m'est venue d'entrer à l'amphithéâtre
du Dr Charcot. Mais si vous ne voulez discuter qu'avec un
médecin, vous êtes donc médecin vous-même, mon Révérend
Père ? On l'a en effet publié partout, et un de vos confrères me l'a
dit à moi-même. A ce propos, permettez-moi de vous adresser
une question quelque peu indiscrète peut-être ; mais ce sera la
note gaie au milieu d'une discussion sérieuse. En répondant à
ma lettre du 8 Avril, vous paraissiez surpris qu'un savant évêque
eût attribué ce qu'il y a de trop naturaliste dans votre thèse à vos
anciennes études médicales, et vous me disiez : « Quand vous
« serez à Louvain, vous verrez de vos yeux que je ne suis pas ce
« vieux médecin imaginé par votre vénérable correspondant.
« Vous trouverez un petit homme, d'une figure plus jeune que
« son âge, entré à l'âge de seize ans dans la Compagnie de Jésus
« et ayant parcouru le cycle complet de la formation d'un Jésuite :
« trois ans de vie ascétique, trois ans d'études philosophiques,
« quatre ans d'études théologiques ; plus tard professeur de phi-
« losophie et de théologie. » Il y a vingt-huit ans que vous êtes
religieux, me dites vous plus loin : vous avez donc quarante-
quatre ans. Mais s'il en est ainsi, à quelle époque de votre vie
avez-vous donc étudié la médecine et fait ces *expériences per-*
sonnelles dont vous me parlez plus haut ? Évidemment ce n'est
pas avant l'âge de seize ans. C'est donc depuis votre profession

5

que vous avez suivi les cours du D⟨r⟩ Charcot, étudié dans les salles de la Salpêtrière les phénomènes hystériques et assisté maintes et maintes fois à ces scènes.... . que je ne sais comment qualifier pour ne pas blesser les oreilles délicates, à ces scènes..... qui se reproduisent à chaque instant et que le D⟨r⟩ Richer n'ose décrire ? Et vous aussi, mon Révérend Père, auriez-vous donc un instant déposé votre robe de Jésuite pour endosser le costume des carabins, selon l'expression populaire du quartier latin ?

Mais revenons à notre sujet.

Malgré mon ignorance en médecine, j'ai eu la témérité de publier mes impressions sur votre *Mémoire*, et je l'ai fait dans un langage accessible à toutes les intelligences. Les raisons que j'ai apportées à l'appui de mon opinion ont paru si fortes, si claires et si convaincantes, que jusqu'à ce jour tous ceux qui ont lu ma *Lettre*, les plus savants comme les plus étrangers aux discussions scientifiques, m'ont accordé hautement leur approbation. Il n'y a pas jusqu'au R. P. de Bonniot qui n'ait cru devoir m'adresser ses *sincères félicitations*. C'est que, si ma *Lettre* satisfait l'esprit par la clarté et la précision de ses arguments, en vengeant l'honneur de sainte Thérèse, elle répond aux secrètes aspirations du cœur et aux sentiments intimes du plus grand nombre.

Votre grand malheur, mon Révérend Père, laissez-moi vous le dire, c'est d'avoir, sans le vouloir et bien contre votre intention, vivement froissé tout l'Ordre des Carmes et les nombreux admirateurs de la séraphique Vierge d'Avila. Vous ne pouvez vous imaginer combien certaines personnes ont été scandalisées et révoltées d'entendre dire que sainte Thérèse était hystérique et que plusieurs des visions rapportées par elle n'étaient rien autre chose que des hallucinations provenant de son organisation maladive. Il leur semblait que la gloire de cette illustre Sainte était diminuée et en quelque sorte flétrie par vos appréciations scientifiques

Permettez-moi, mon Révérend Père, de vous citer quelques extraits des lettres que j'ai reçues ; les expressions en sont parfois un peu vives, mais vous les excuserez. C'est le cri de cœurs blessés à l'endroit le plus sensible ; c'est, comme le dit le R. P. Zacharie, l'accent indigné d'enfants qui croient entendre outrager leur mère. Ces protestations venues, pour ainsi dire, de tous les points de l'Europe, vous montreront mieux que tous mes arguments, la fâcheuse impression produite par la publication de votre *Mémoire*.

« Le titre seul du *Mémoire*, dit un ancien professeur de théo-
« logie, m'a causé une pénible impression : *les Phénomènes hys-*
« *tériques et les Révélations de sainte Thérèse* me paraissent
« étonnés de se trouver accolés ensemble. Bossuet a dit que
« l'Église a presque mis la grande Réformatrice au nombre des
« docteurs à cause de l'excellence de sa céleste doctrine, et
« cependant l'auteur du *Mémoire* ne craint pas de la présenter
« comme le jouet de ses propres illusions, lorsqu'elle croit à ses
« visions diaboliques. »

« Laissez-moi vous remercier de suite, me dit un autre profes-
« seur, du soulagement que vous m'avez fait éprouver. Je trou-
« vais indigne qu'on eût fait tourner le Centenaire de celle que
« M. Émery appelait « le Platon chrétien » à ravaler ses com-
« munications surnaturelles et à mettre en question sa mission e
« son rôle dans l'Église. » — « Non, il n'est pas possible, s'écriait
« une bonne religieuse dans une sainte colère, non, il n'est pas
« possible que celui qui a écrit ce *Mémoire*, appartienne encore
« à la Compagnie de Jésus ! » — « Votre *Lettre* au R. P. Hahn
« vient très à propos, ajoutait un savant chanoine, pour donner
« un avertissement charitable à ce pauvre Père engagé dans une
« voie déplorable. Conçoit-on qu'un religieux ose ecrire et pu-
« blier de pareilles énormités sur sainte Thérèse ! Conçoit-on
« qu'il se trouve un Père dans la Compagnie de Jésus assez hardi
« pour autoriser cette publication ! Vraiment, si les RR. PP. Jé-
« suites ne faisaient que de pareils livres, ils inspireraient moins
« de craintes aux ennemis du Catholicisme, et tous les amis de
« l'Église ne seraient pas aussi vivement émus des persécutions
« dirigées contre les pieux enfants de saint Ignace. » — « Je ne
« peux trop vous remercier, écrivait un religieux à M. l'abbé
« J. Morel, d'avoir pensé à me faire adresser un exemplaire de la
« *Lettre* du P. Touroude. Le P. Hahn, après l'avoir lue, devrait
« dire aux montagnes : Tombez sur moi, et rentrez à cent pieds
« sous terre. Comme cette *Lettre* est beaucoup plus étendue que
« vos articles, l'auteur s'est trouvé à même de traiter beaucoup
« de questions dont vous n'avez pas parlé, et il l'a fait, ce semble,
« de manière à réduire son antagoniste, sinon au parti de se taire,
« au moins à la nécessité de ne répondre que des choses erronées,
« et il en a déjà dit assez et malheureusement de bien dange-
« reuses. » — « Il faut un temps comme celui que nous traver-
« sons, reprend un docte Supérieur de grand séminaire, pour

« qu'un prêtre et un religieux ose se permettre d'attaquer, au
« nom de la science, une des plus pures et des plus saintes mé-
« moires que puisse offrir l'Église catholique à ses amis et à ses
« ennemis. Vous avez donc fait une œuvre méritoire de laver de
« ces souillures la grande Réformatrice du Carmel, et surtout de
« le faire avec tant de tact, de mesure et de modération. La Reli-
« gion vous en saura gré, et vos nombreux amis s'en réjouiront
« dans le Seigneur et applaudiront à une justification si simple et
« si complète. Je ne sais si on vous répondra, mais ce dont je
« suis assuré à l'avance, c'est que le procès est jugé aux yeux de
« ceux qui ont lu votre opuscule. » — « Oui, disait à son tour un
« saint Prélat, oui, il y a dans la confrontation des états de la
« Sainte avec les maladies plus ou moins honteuses qu'on décrit
« avec tant de détails, une très grave inconvenance, et l'on peut
« s'étonner qu'un prêtre et un religieux ne l'ait point senti et que
« cela n'ait pas suffi à lui faire tomber la plume de la main. »

« Si saint Alphonse vivait encore, m'écrit un religieux, docteur
« en Théologie, saint Alphonse, si dévot à la vierge d'Avila, saint
« Alphonse, auteur de cette délicieuse neuvaine à sainte Thérèse,
« saint Alphonse vous écrirait, j'en suis sûr, comme il faisait de
« son temps à l'abbé Nonnotte, pour vous remercier et vous
« baiser la main.... Est-ce possible, Monsieur l'Abbé, qu'un reli-
« gieux ait publié la chose que vous réfutez ? Quelle indécence de
« traîner Thérèse de Jésus à l'amphithéâtre de la Salpêtrière,
« d'enfoncer dans son cœur transpercé par le séraphin le scalpel
« des matérialistes, de faire l'autopsie de ce corps virginal, do le
« confronter avec des créatures non seulement malheureuses
« mais encore dégradées au premier chef!!! Ainsi sainte Thérèse
« s'est trompée, non seulement quand elle a cru voir Satan, mais
« encore quand elle s'est crue guérie par saint Joseph ! Et toute
« cette efflorescence de dévotion au saint Patriarche, laquelle du
« Carmel s'est répandue sur le monde chrétien, ne repose ou du
« moins n'a eu d'autre point de départ qu'une illusion ! Quelle
« voie dangereuse, comme vous le faites très bien remarquer ! Et
« tout cela pour faire preuve d'idées larges, en face de la science
« incrédule ! Croit-on ramener ainsi les mécréants ? Sainte Thé-
« rèse hystérique !! Mais n'est-il pas évident pour le bon sens de
« la piété catholique que c'était impossible à *priori*, parce que
« c'était souverainement inconvenant et que Notre-Seigneur ne
« le pouvait permettre ?

« Heureusement, Votre Révérence vient de faire bonne justice
« du *Mémoire couronné*. Qu'on le couronne, disait Platon en
« parlant d'Homère, mais qu'on le chasse de la lice ! Par vos
« pages si pleines de science, si bien raisonnées, si empreintes
« d'une exquise courtoisie, vous avez, je m'imagine, mis l'impru-
« dent écrivain dans l'impossibilité de vous répliquer rien de rai-
« sonnable. Puisse l'Autorité ecclésiastique vous obliger à sortir
« de la réserve que vous vous êtes imposée et demander que votre
« opuscule ait au moins la même publicité que celui auquel vous
« répondez ! »

Vous avez déjà pu voir, mon Révérend Père, par la lettre que
le R. P. Zacharie a adressée à M. l'abbé J. Morel, combien tout
l'Ordre des Carmes a été affligé et humilié de la publication de
votre *Mémoire*, et vous comprenez sans que je vous le dise combien les RR. PP Carmes, qui, pour de très graves motifs, avaient
cru devoir porter ailleurs que devant le public l'expression de leur
tristesse, ont été charmés de voir des hommes étrangers à leur
Ordre prendre en main la défense de leur sainte Réformatrice.
Je n'en finirais pas si je voulais vous rapporter tous les remerciements et toutes les félicitations qui m'ont été prodigués à cette
occasion. « Je vous aimais bien, me mande un bon confrère,
« mais je vous aime encore davantage, depuis que vous vous êtes
« fait le champion de sainte Thérèse, ma Sainte de prédilection. »
— « Je viens de recevoir la *Lettre* que vous adressez au R. P.
« Hahn, m'écrivait le R. P. Provincial de Belgique, et je m'em-
« presse de vous en remercier de tout cœur... Des voix plus auto-
« risées que la mienne décerneront à votre ouvrage les éloges
« qu'il mérite ; mais, à mon humble avis, c'est une œuvre magis-
« trale, et rien de sérieux ne peut lui être opposé. Vous avez vic-
« torieusement plaidé la cause de notre sainte Mère ; votre nom
« restera en bénédiction parmi les enfants du Carmel. Recevez
« donc l'hommage de toute notre reconnaissance et l'assurance
« de notre profonde vénération. » Quelques jours après, le Général
des Carmes, parlant au nom de tout le Carmel, daignait m'adresser
de Rome une lettre conçue à peu près dans les mêmes termes :
« La lecture de votre opuscule m'a causé une pleine et entière
« satisfaction. Vous traitez la question au point de vue médical ;
« votre argumentation est serrée et vos conclusions sont irrécu-
« sables. Votre *Lettre* produira un grand bien. Permettez-moi
« de vous offrir mes sincères félicitations et aussi de remercier

« votre digne Supérieur Général qui a eu l'heureuse pensée de
« vous engager à prendre la plume. Vous ne vous êtes pas trompé
« en disant que le *Mémoire* du R. P. Hahn a vivement contristé
« tous les membres de l'Ordre du Carmel, et moi, je ne me
« trompe pas, je ne dis pas assez, en déclarant que la *Lettre* de
« Votre Révérence est pour moi-même et pour tout l'Ordre, un
« soulagement et une consolation...»

Mais je vous entends, mon Révérend Père : Tout cela, me
direz-vous, ce sont des compliments, des appréciations d'hommes
incompétents ; consultez un médecin et vous verrez !

Je n'avais pas attendu votre recommandation pour le faire, et
le jour même où je répliquais à votre *Réponse*, je recevais d'un
docteur, aussi bon chrétien qu'habile praticien, la lettre suivante
que je vous transmettais dans toute sa crudité, en vous faisant
observer que l'auteur ne pensait pas, en l'écrivant, qu'elle dût
passer sous vos yeux : « Mon Révérend Père, je suis très heureux
« de vous exprimer ma reconnaissance comme catholique et
« comme médecin. Comme catholique, l'ouvrage du P. Hahn
« m'avait choqué : la confusion possible entre une sainte et une
« hystérique, entre une personne dont la vie a été pure, la con-
« duite exemplaire, les enseignements sublimes, et d'autres créa-
« tures qui ont traîné leur corps par les lieux de débauche ou
« bien nourri leur esprit et leur imagination de scènes de liberti-
« nage ! C'est trop fort et trop répugnant ! Maintenant, comme
« médecin, je suis loin d'admettre tous les faits consignés dans
« l'ouvrage du docteur Richer, surtout avec l'interprétation qu'il
« leur donne. Je connais les docteurs Régnard et Bourneville par
« leurs écrits qui sont marqués au coin de la passion antireli-
« gieuse et de la haine du surnaturel. J'ai justement entre les
« mains la brochure de Bourneville touchant Louise Lateau. Il
« établit entre les extases et les poses indécentes des hystériques,
« des analogies et des similitudes qui blessent encore plus la
« raison et le sens médical que la pudeur d'un honnête homme.
« Enfin, mon cher Père, je ne vois pour ces docteurs, dans cette
« nouvelle démonstration théâtrale des troubles du système
« nerveux, qu'une bonne machine de guerre destinée à attaquer
« l'Église et les faits surnaturels. C'est un nouveau chapitre à
« ajouter aux erreurs du XIXᵉ siècle...

« J'espère qu'un savant chrétien réduira bientôt tout cela à sa
« juste valeur. En attendant, vous avez fort bien fait de réserver

« votre jugement sur les faits dont le P. Hahn a été le témoin à
« la Salpêtrière. Ce sont des faits qui auraient besoin d'une
« contre-épreuve par des médecins catholiques pratiquants. Le
« P. Hahn aurait dû y réfléchir avant de lancer son ouvrage.
« Enfin, mon cher Père, j'abonde dans votre sens ; je trouve
« votre réfutation complète et je jalouse votre bonheur. »

Peut-être, mon Révérend Père, penserez-vous que l'appréciation de mon Docteur est un peu rude et pour le fond et pour la
forme ; celle d'un savant Cardinal que j'ai sous les yeux, me paraît
encore plus sévère : « Dans l'*Histoire littéraire de France*, à
« propos d'une Bienheureuse Dominicaine, Renan parle comme
« le lauréat de Salamanque... Quelle pitié de voir de bons reli-
« gieux inconscients faire chorus à ces renégats pour démolir
« toute la mystique non seulement de Gœrres, mais des plus
« pieux et des plus savants jésuites italiens et espagnols ! »

Beaucoup de ceux qui m'ont écrit, parlent dans le même sens
et insistent sur le danger que présente votre *Mémoire*, au point
de vue du surnaturel. — « J'ai été plus heureux que je ne peux
« l'exprimer, » m'écrit du fond de l'Espagne le Supérieur d'une
communauté religieuse, « en lisant votre *Lettre* qui venge avec
« une grande modération et avec une logique irréprochable le
« surnaturel mis en péril et rassure les esprits étonnés par les
« hardiesses incroyables du R. P. Hahn, à l'endroit de la grande
« sainte Thérèse. Je m'explique difficilement qu'un religieux ait
« jeté, au milieu d'une société telle que la nôtre, une parole si
« pleine de périls pour les âmes déjà si ébranlées par le doute
« que souffle de toutes parts et de toutes les manières une fausse
« science qui repousse *à priori* tout surnaturel... En tout cas
« vous avez protesté, et j'apprends avec bonheur que votre pro-
« testation a trouvé un écho dans beaucoup d'esprits éminents.
« Dieu en soit loué ! et merci mille fois pour votre courageuse
« initiative. »

« Je viens vous remercier, » reprend à son tour un savant
religieux, professeur de théologie, « et vous dire combien j'ai été
« heureux de lire votre *Lettre* au R. P. Hahn. Vous avez noble-
« ment défendu la grande Sainte si outrageusement attaquée par
« la fausse science de nos jours qui a trouvé moyen de se servir
« à cet effet d'une plume sacerdotale et religieuse, au grand
« scandale des fidèles... Je vous félicite tout particulièrement
« d'avoir mis le doigt sur l'une des plaies de la science moderne,

« en observant que son ignorance crasse du surnaturel lui fait
« supposer dans la nature des lois imaginaires pour expliquer
« bien des faits, tout simplement produits par l'action du démon. »
— « Ceux qui auront la bonne fortune de lire votre *Lettre*, me
« mande un R. Père Provincial, déploreront avec vous cet encou-
« ragement donné par un religieux à une science ennemie du
« surnaturel et qu'on ne ramènera pas avec ces concessions
« dangereuses. Ils craindront, non sans fondement, que la thèse
« du R. P. Hahn ne fournisse des armes aux adversaires de la
« Religion, qu'elle n'ébranle en plusieurs esprits la foi et la
« soumission au jugement doctrinal de la sainte Église. » — Un
autre m'écrit : « Quant au fruit que le P. Hahn s'est promis de
« ses concessions à des esprits incroyants qui malgré tout ne les
« trouveront pas suffisantes, et ne manqueront pas au contraire
« de s'en autoriser, vous faites remarquer à bon droit que ses
« déductions vont à l'inverse du but qu'il s'est proposé. Loin de
« les amener à croire à la réalité des manifestations surnatu-
« relles, quand elles portent certains caractères, j'ai bien peur
« qu'il donne précisément un appui, certes inattendu, à ces
« esprits audacieux, infatués de leur prétendue science, qui
« croient pouvoir nier à *priori* toute manifestation du monde
« surnaturel, même les miracles de l'Évangile, sous prétexte
« qu'on peut toujours à leur avis, démontrer scientifiquement
« que les phénomènes prétendus surnaturels, sont les effets
« de causes purement naturelles. »

Les paroles d'un vénérable évêque me paraissent encore plus
fortes : « Vous avez bien fait de relever ce qu'il y a de trop
« naturaliste dans la thèse de ce religieux que ses anciennes étu-
« des médicales excusent en partie d'une telle tournure de son
« esprit. Je ne sais si vous avez remarqué que tous ces hommes
« qui viennent du monde, et qui entrent tard dans la vie ecclé-
« siastique, gardent une bonne partie du vieil homme et ne se
« dépouillent qu'imparfaitement de leurs vieilles idées. Volon-
« tiers ils s'imaginent que dans l'Église on ne connaît guère
« qu'un peu de vieille scholastique, et plus volontiers encore, ils
« se donnent la mission d'y faire pénétrer je ne sais quoi de
« scientifique et de progressiste qui leur paraît devoir mettre
« l'Eglise à la hauteur des temps et des pensées modernes. J'ai
« cru un peu tout cela, quand j'étais plus jeune et sur la foi de
« maîtres qui en savaient plus que moi. Je suis entièrement

« revenu de ces illusions. L'affaire qui vous a occupé est un
« épisode de cette grande lutte où, parmi les nôtres, il y a beau-
« coup de dupes et beaucoup d'illusionnés. Si l'on n'y prenait
« pas garde, on détruirait par le détail l'inspiration de nos
« Livres Saints, la plupart de nos faits miraculeux, et l'autorité
« de l'Église elle-même. »

« Vous avez fait justice, » m'écrit de son côté un savant religieux, « d'un système déplorable qui semble aujourd'hui préva-
« loir, de sacrifier à la science — et à quelle science ! — tout ce
« qu'il lui plaît de réclamer dans nos croyances et nos traditions
« les plus chères ! Il suffit aujourd'hui qu'un auteur fasse étalage
« de science, pour qu'on s'incline devant lui et qu'on accepte
« sans contrôle, les assertions les plus étonnantes et les plus
« contraires aux enseignements reçus dans l'Église. C'est une
« nouvelle forme de libéralisme et non pas la moins redoutable
« de tout accorder à la science, pourvu que les dogmes de la Foi
« soient sauvés ; et la tendance de notre moderne apologétique
« n'est plus de discuter les objections qu'on lui présente, mais
« de les admettre et de prouver uniquement que la Foi n'en es
« pas atteinte. Si elle ne l'est pas en réalité, c'est ce qui n'est
« pas démontré pour moi ; mais le système est en tout cas déplo-
« rable et inefficace. Les savants s'emparent des concessions
« qu'on leur fait aveuglément, et loin d'en savoir gré à la libé-
« ralité des croyants, ils en tirent contre leur faiblesse un argu-
« ment, étendant, non sans apparence de raison, les conclusions
« favorables qu'on leur accorde, et restent aussi incrédules et
« plus agressifs qu'auparavant. C'est ce que vous observez très
« bien au sujet de la thèse du P. Hahn qui, croyant n'abandonner
« qu'une partie des phénomènes surnaturels de la vie de sainte
« Thérèse, afin de sauver les autres, donne beau jeu aux doc-
« teurs sceptiques et naturalistes de la Salpêtrière, pour les
« attribuer tous à la même cause et pour étendre jusqu'aux
« manifestations les plus authentiques et les plus vénérables de
« l'ordre surnaturel, voire même jusqu'aux miracles relatés dans
« les Évangiles, leurs doutes et leurs conclusions impies. Peut-
« être avait-on autrefois le tort de juger les questions scienti-
« fiques, avec des textes de l'Écriture mal interprétés et des
« décisions théologiques ; mais on a aujourd'hui le tort tout
« opposé et bien plus fâcheux, de vouloir juger les questions
« de théologie et de mystique avec des opinions scientifiques.

« Devant un pareil égarement, la vraie tactique, à mon avis, est
« celle que vous avez suivie, de tenir fermement aux croyances
« traditionnelles et, au lieu de s'en laisser imposer par les asser-
« tions audacieuses des prétendus savants, de les contrôler et
« de les discuter pied à pied. Si le R. P. Hahn eût procédé de
« la sorte, si le mirage magique de la science moderne ne l'eût
« pas ébloui, il aurait comme vous, mon très Révérend Père, mis
« en doute, au moins dans leur cause, les faits de la Salpêtrière,
« et ne se serait pas laissé égarer jusqu'au point d'en retrouver à
« quelque degré que ce soit, le caractère dans les visions et les
« peines surnaturelles de Sainte Thérèse. Ah ! mon très Révérend
« Père, pour qui a connu comme moi les mécomptes et les mé-
« prises de la science, il y a toujours un sentiment profond de
« surprise et de tristesse à voir des hommes de Dieu, tels que le
« R. P. Hahn, s'incliner si légèrement devant elle. Demain elle
« niera ce qu'elle tient aujourd'hui pour indubitable, et dans
« vingt ans, celui qui ne l'aura pas suivie dans ses innombrables
« contradictions, aura à s'étonner d'être devenu un ignorant,
« malgré toutes ses études antérieures C'est mon histoire per-
« sonnelle, comme ancien élève de l'École polytechnique, que je
« vous fais dans cette phrase ; c'est sans doute et ce sera celle
« de beaucoup d'autres. »

Voilà probablement pourquoi un des premiers curés de Paris,
en m'envoyant sa carte, ajoutait : « Tous mes remerciements
pour votre travail si intéressant et très opportun, » soulignant
lui-même le mot *très opportun*.

A toutes ces appréciations, auxquelles je pourrais en ajouter
beaucoup d'autres, vous me répliquiez, le 16 avril : « Vous m'op-
« posez l'autorité de personnages distingués qui ont donné leur
« haute approbation aux arguments renfermés dans votre *Lettre*.
« Dans une question de cette nature, il n'est pas étonnant de voir
« les avis se partager, et vous ne serez pas surpris, j'en suis sûr,
« en apprenant que de mon côté, j'ai recueilli dans l'Épiscopat,
« dans la haute Administration Ecclésiastique, dans les facultés
« de théologie, des félicitations et des applaudissements.... La
« corporation des médecins n'est donc pas seule à m'approuver ;
« et pour ne citer ici que des témoignages publics, je vous ren-
« voie aux comptes rendus insérés dans la *Revue des Questions
« historiques*, par un homme assurément compétent, quand il
« s'agit des Saints, le R. P. de Smedt, doyen des Bollandistes ;

« dans la Revue de Louvain, par M. Jungmann, professeur
« d'Histoire ecclésiastique ; dans la Revue de Dublin, dirigée
« par des membres du clergé séculier ; dans une Revue alle-
« mande, écho de la faculté de théologie d'Inspruck ; et pourquoi
« n'ajouterais-je pas le Jury de Salamanque, composé par moitié
« d'ecclésiastiques, à l'exclusion de tout membre de la corpo-
« ration médicale. »

Je n'ai pu me procurer que la Revue des Questions historiques et la Revue de Louvain. Je ne dirai presque rien de
l'article du R. P. de Smedt. J'ai déjà démontré précédemment,
pièces en main, qu'il s'était complètement trompé sur le jugement
du Jury de Salamanque. Je crois qu'il se trompe également quand
il affirme que la « lecture de votre Mémoire fortifiera les croyants
« et n'apportera pas moins de consolation aux personnes en-
« gagées dans les voies de la perfection chrétienne (1). » C'est
le contraire qui a eu lieu : les personnes pieuses ont été
choquées, je dirai même scandalisées, de vos appréciations scientifiques ; c'est du moins ce qui résulte des nombreux témoignages
qui me sont parvenus. — Mais je n'insiste pas ; M. l'abbé J. Morel
ayant déjà répondu à l'article du R. P. de Smedt. Seulement je
vous ferai remarquer, mon Révérend Père, que le savant doyen
des Bollandistes est beaucoup moins affirmatif que vous, quand
il s'agit des illusions qu'a pu se faire sainte Thérèse, relative-
ment aux visions diaboliques : « Cette erreur, dit-il, si erreur
« il y a... ! » Vos arguments ne lui paraissent donc pas tout à
fait convaincants ?

Quant à M. Jungmann, s'il admet que « votre travail se dis-
« tingue par une érudition scientifique peu commune dans ce
« genre de matière, par une démonstration claire, méthodique
« et solide, » il fait les réserves les plus formelles sur les deux
points qui nous divisent. Vous avez dit dans votre Mémoire en
parlant de l'état morbide de sainte Thérèse : « Nous sommes ici
« en présence d'un cas d'hystérie organique, aussi prononcé
« qu'il peut l'être. La maladie atteint même son plus haut
« degré... c'est la grande hystérie avec ses prodromes... (2) »
Sur quoi M. Jungmann ajoute : « Je conviens que les preuves

<hr />

(1) R. P. de SMEDT, Revue des Questions historiques. Art. « Sainte Thérèse, «
p. 549.

(2) R. P. HAHN, Les Phénomènes hystériques, p. 118,

« apportées par l'auteur montrent que sainte Thérèse avait une
« organisation hystérique; cependant j'hésite à admettre que la
« conclusion donnée avec cette force, résulte nécessairement
« des prémisses (1. » Quand il s'agit des révélations et des
visions de sainte Thérèse, M. Jungmann est encore plus réservé.
« Ce n'est pas, dit-il, que dans ce *Mémoire* nous n'aurions ren-
« contré l'un ou l'autre point sur lequel, avant de nous rallier à
« l'avis de l'auteur, il nous faudrait encore des discussions ulté-
« rieures et des preuves plus décisives .. Qu'il nous suffise d'en
« mentionner un seul pour éclaircir notre remarque. L'auteur
« observe par rapport aux apparitions diaboliques et aux peines
« corporelles attribuées par sainte Thérèse au démon, que
« l'intervention du démon dans ces phénomènes n'est pas suffi-
« samment manifeste, et qu'il fait, vis-à-vis des rationalistes,
« abstraction de ces faits. Nous l'avons approuvé dans cette
« réserve prudente; son travail y aura gagné en vigueur et en
« force démonstrative. Cependant, pour nous, la question, si en
« réalité il n'y a pas eu intervention diabolique et si sainte
« Thérèse s'est en effet trompée, en attribuant ces phénomènes
« au démon, reste ouverte. L'auteur, à différentes reprises, dit
« ouvertement que, selon son avis, ces phénomènes étaient
« purement naturels et que sainte Thérèse s'est trompée dans
« l'interprétation de ces faits... Voilà un point qui demanderait
« une discussion ultérieure. Nous ne voudrions pas nous rallier,
« sans réserve, à l'avis du savant écrivain. Bien que l'inter-
« vention du démon, dans les phénomènes en question, ne fût
« peut-être pas assez manifeste pour pouvoir insister sur ces
« faits dans une controverse avec les rationalistes, nous pen-
« chons cependant vers l'opinion qu'à côté des causes natu-
« relles, il y ait eu dans ces phénomènes aussi une action du
« démon, et que, sous ce rapport, sainte Thérèse ne se soit pas
« trompée)2). »

Ainsi donc, mon Révérend Père, de trois témoignages que
vous invoquez et que j'ai pu contrôler, aucun ne vous est véritablement favorable. Le jury de Salamanque réprouve formellement vos appréciations sur l'état hystérique et sur les visions
diaboliques de sainte Thérèse; le R. P. de Smedt lui-même doute

---

(1) Jungmann, *Revue catholique de Louvain*, Art. « Sainte Thérèse » p. 786.
(2) Id., *ibid.,* p. 789.

fort que la Sainte se soit trompée sur ce point ; enfin M. Jungmann n'est pas convaincu qu'elle fût hystérique et il est porté à
croire que le démon est réellement intervenu dans les visions
rapportées par elle.

III

Maintenant, mon Révérend Père, la *Réponse* que vous m'avez
adressée le 6 Avril, résout-elle toutes les difficultés que je vous ai
exposées dans ma première *Lettre ?* Il suffit de la parcourir
rapidement pour voir que les raisons que vous me donnez, ne
sont pas de nature à me convaincre. Notre discussion porte
et sur la nature des maladies de sainte Thérèse et sur la nature
de quelques-unes de ces visions. Et d'abord, pour justifier votre
appréciation sur l'état hystérique de la Sainte, vous vous appuyez
sur l'approbation donnée à cette opinion par trois médecins.
Mais, vous le savez, mon Révérend Père, il y a médecins et médecins, comme il y a fagots et fagots, selon le dicton populaire.
Les médecins que vous avez consultés, étaient-ils des hommes
religieux, pratiquants, des spiritualistes, ayant étudié la métaphysique au point de vue chrétien ? Vous ne le dites pas. Si vous
n'avez consulté que les auteurs que vous citez à chaque instant,
le Dr Charcot et ses confrères les Drs Bourneville et Regnard,
qui ne croient pas à la spiritualité de l'âme, quoi d'étonnant s'ils
partagent votre sentiment. Mais, au lieu de trois médecins, j'en
trouverais facilement deux cents à Paris, qui parleraient comme
vous, qui iraient même beaucoup plus loin que vous et qui ne
craindraient pas d'affirmer que toutes les visions de sainte Thérèse, les visions divines comme les visions diaboliques, étaient
de pures hallucinations provenant de l'hystérie. Avant donc
d'accepter le sentiment de vos médecins, il faudrait savoir d'après
quels principes ils raisonnent ; et si ce sont des médecins catholiques, il faudrait savoir sur quels symptômes ils s'appuient pour
affirmer que sainte Thérèse était hystérique ; il faudrait enfin
savoir s'ils ont fait une étude spéciale de la vie et du tempérament
de sainte Thérèse. Je vous ai rapporté les paroles d'un habile
médecin qui pense tout autrement que ces docteurs, et il n'est
pas seul à condamner leur opinion.

Vous n'ignorez pas, mon Révérend Père, le jugement porté sur certains docteurs par un de vos savants confrères, le R. P. Allet, jugement d'autant plus remarquable qu'il a paru dans un ouvrage également composé à l'occasion du Centenaire de sainte Thérèse et publié plusieurs mois après l'apparition de votre *Mémoire*, comme le prouve l'*imprimatur*, donné à Bruges, le 30 Novembre 1883. « Quant aux médecins, dit-il, et aux *phy-* « *siologistes* qui de nos jours, à propos de sainte Thérèse, n'ont « pas rougi de parler d'exaltation morbide, de magnétisme, ou « même de névrose, en vérité, ce serait leur faire trop d'honneur « que d'engager avec eux une discussion approfondie. Que dire « à de pauvres aveugles qui disputent des couleurs? à des pré- « tendus savants qui ont pour premier principe que tout doit « s'expliquer par les lois fatales de la matière? à des sectaires « fanatiques et affolés dont la vie se passe à éliminer de partout « le surnaturel, le divin ou même le spirituel?... Prions pour « ces malheureux, plaignons-les... et passons (1) ! »

. Vous me faites une autre objection. « D'après vous, me « dites-vous, pour constater l'existence d'une maladie chez une « personne, soustraite depuis longtemps par la mort à l'observa- « tion directe des médecins, on devrait retrouver chez elle *tous* « les traits du mal qu'on lui attribue (2). » Je vous demande pardon, mon Révérend Père, je n'ai jamais rien dit de pareil, et vous m'attribuez là un sentiment que je n'ai jamais eu. J'ai fait remarquer que, dans toute maladie, il y a deux sortes de symptômes : les symptômes *généraux*, qui lui sont communs avec d'autres maladies, et les symptômes *spéciaux*, qui servent à la distinguer de toute autre affection morbide. J'ai montré que les symptômes qui, d'après vous, prouvent que sainte Thérèse était atteinte d'hystérie, n'étaient que des symptômes généraux dont on ne peut rien conclure rigoureusement. J'ai ensuite exposé les symptômes spéciaux de l'hystérie : la perversion de la sensibilité, dans l'état de calme : l'*Aura*, la boule hystérique, le clou hysté- rique, les convulsions, dans l'état de crise; puis les différentes phases ou périodes de la crise. Après cette exposition, je me suis permis de vous demander : « Pourriez-vous citer dans la vie de « sainte Thérèse un pareil phénomène ou quelque chose qui en

---

(2) P. V. Allet, S. J., *L'Esprit et l'Œuvre de sainte Thérèse*, 1883.
(1) R. P. Hahn, *Réponse autographiée*, p. 2.

« approche ? A-t-on jamais signalé dans ses diverses maladies
« *aucun* des symptômes particuliers à l'hystérie ? » Remarquez-le
bien , je n'ai pas dit *tous* les symptômes, mais *aucun*. Et je
constate qu'après une question si nette et si précise, vous n'avez
pu en indiquer un *seul* dans votre *Réponse*.

Tenant pour avéré le sentiment que vous m'avez indûment
attribué, comme je viens de le démontrer, vous vous évertuez à
me prouver « qu'on peut diagnostiquer avec certitude l'hystérie,
« sans retrouver, dans les documents parvenus jusqu'à nous,
« *toutes les notes* , même essentielles et caractéristiques de cette
« maladie. » Votre argument est-il bien solide ? Voici vos paroles ;
je les transcris mot pour mot, afin qu'on ne puisse pas soupçonner
que je tombe dans le défaut que je vous reprochais tout à l'heure.

« Vous m'avouerez bien, dites-vous, que la caractéristique
« d'un oiseau est d'avoir des plumes et des ailes. Eh bien ! je
« puis dire d'un être qu'il est un oiseau, sans pouvoir constater
« directement l'existence de ces deux organes. A tout moment
« le paléontologiste, en présence d'un simple squelette dénué
« d'ailes et de plumes, affirme, sans sourciller, qu'il a affaire à la
« dépouille d'un oiseau et il rirait de l'homme du monde qui, pour
« avoir ouvert un livre de zoologie et y avoir vu dans la défini-
« tion de l'oiseau, comme note caractéristique , la présence de
« plumes et d'ailes, exigerait absolument des traces de ces deux
« organes pour la détermination du spécimen considéré. Eussiez-
« vous donc raison quand vous affirmez que telle ou telle phase
« essentielle de l'hystérie ne se trouve pas dans les documents
« que nous possédons, vous ne seriez pas encore autorisé à nier
« l'exactitude et la légitimité de mes conclusions (1). »

Parfaitement raisonné, mon Révérend Père ; seulement vous
n'avez pas remarqué que votre raisonnement appliqué à sainte
Thérèse, pèche complètement par la base. D'après votre compa-
raison, vous êtes certain d'avoir entre les mains le squelette d'un
oiseau et vous en concluez avec raison que cet oiseau devait
avoir des ailes et des plumes, quoique vous n'en voyiez aucune
trace, parce qu'il est de la nature de l'oiseau d'avoir des plumes
et des ailes, parce que le principal suppose toujours l'accessoire.
Si vous aviez clairement démontré que sainte Thérèse était
hystérique, je ne pourrais pas contester votre thèse, parce que

---

(1) R. P. Hahn, *Réponse autographiée*, p. 3.

certains symptômes caractéristiques de l'hystérie ne seraient
pas indiqués dans les documents parvenus jusqu'à nous : votre
conclusion serait légitime. Mais vouloir conclure, comme vous
le faites, de certains symptômes vagues et généraux qne sainte
Thérèse était hystérique, sans pouvoir indiquer en elle un seul
des symptômes spéciaux de l'hystérie, c'est, comme le dit
M. Jungmann, tirer une conclusion qui ne ressort pas nécessairement des prémisses; c'est, ce me semble, poser en principe ce
qui est en question, et c'est ce que, il y a plus de cinquante ans,
mon professeur de philosophie appelait, si ma mémoire ne me
trompe pas, une pétition de principe.

Vous avez si bien senti, mon Révérend Père, que cet argument n'était pas satisfaisant, que vous vous empressez de faire
tous vos efforts pour démontrer qu'on peut tirer une conclusion
rigoureuse des symptômes généraux. Voici encore vos paroles :
« Où en serions-nous, botanistes et zoologistes, s'il nous était
« interdit de rien conclure des caractères généraux ? Certes un
« caractère général, commun à plusieurs, ne peut jamais suffire
« à spécifier un être; mais l'ensemble de plusieurs caractères
« généraux n'est-il pas souvent tel qu'il ne peut plus s'appliquer
« qu'à un être particulier? J'écris sur l'adresse de cette lettre :
« M. l'abbé Touroude, rue de Picpus, 33, Paris, France. Ni le ca-
« ractère d'abbé, ni le nom de Touroude ne vous sont spéciaux; il
« y a plus d'un habitant dans la rue de Picpus, plus d'une rue qui
« possède le n° 33, vous n'êtes pas le seul citoyen de Paris. D'où
« vient cependant que je suis certain que l'agent de la poste, au
« moyen de cette adresse, saura fixer son choix sur vous de pré-
« férence aux quarante millions qui couvrent le territoire de la
« France? Les symptômes généraux ont donc une valeur qu'il
« convient de ne pas trop négliger. »

Un de mes bons amis enlevé par la mort au moment où il allait
être appelé à l'épiscopat, me disait un jour, à la suite d'une discussion avec de jeunes professeurs: » Mon pauvre abbé, il est
« temps que nous nous en allions, nous ne sommes plus à la hau-
« teur de ces jeunes gens, nous n'avons plus la même manière de
« raisonner; nous ne parviendrons jamais à nous entendre avec
« eux. » Plus que jamais je reconnais la vérité de ce mot. Voyez
en effet, mon Révérend Père, combien nous différons dans notre
manière de voir. Ainsi, il me semble que l'argument que vous
m'opposez, avec tant de confiance, prouve absolument contre

vous, et est tout en ma faveur. Ces termes que vous appelez
des termes généraux, moi je les appelle des termes spéciaux, et
c'est parce que vous avez spécifié et toujours spécifié de plus en
plus, que les agents de la poste n'ont éprouvé aucun embarras
pour faire parvenir votre lettre à sa destination. En effet, le nom
de France est spécial à un pays et élimine toutes les autres con-
trées ; le nom de Paris est spécial à une ville de France et élimine
toutes les autres villes ; le nom de Picpus est spécial à une
rue de Paris, et élimine toutes les autres rues ; le n° 33 est spécial
à une maison de la rue de Picpus et élimine toutes les autres maisons ; enfin, le nom de Touroude est spécial à un habitant de cette
maison et élimine tous les autres. Si vous aviez procédé de même
à l'égard de sainte Thérèse, et éliminé tous les symptômes qui
pouvaient se rapporter à d'autres maladies, vous auriez bientôt
reconnu qu'il ne vous restait aucun symptôme pour reconnaître
que sainte Thérèse était hystérique. N'avais-je donc pas raison
de vous écrire, le 6 avril, que vous saviez d'avance que vos arguments ne me convaincraient pas ?

J'en dirai autant, mon Révérend Père, des raisons que vous
produisez pour justifier la distinction que vous prétendez établir
entre les manifestations divines et les manifestations diaboliques,
entre le fait de certaines visions et l'interprétation que la Sainte
leur donne. Il y a là des arguments tellement subtils qu'il est
difficile de vous suivre ; des principes que vous posez comme
absolus et qui demanderaient de nombreuses distinctions ; des
affirmations qui auraient grand besoin d'être prouvées, avant
d'en tirer des conclusions. Mes objections étaient claires et précises ; au lieu de les aborder franchement, vous vous tenez dans
des généralités qui ne répondent à rien. Souvent même, comme
je vous l'ai déjà fait observer, vous me prêtez des sentiments que
je n'ai jamais eus ; par exemple, vous affirmez que « je me plais
« facilement à reconnaître dans la parole des saints un cachet
« sacré et surnaturel (1). » J'en conviens, quand j'entends une
personne aussi intelligente que sainte Thérèse, aussi expéri-
mentée, d'une conscience aussi délicate, comblée par Dieu de
faveurs extraordinaires, m'affirmer qu'elle a vu le démon ou
qu'elle a été en butte à ses persécutions, je crois à sa parole, sans
attacher cependant à cette parole un caractère sacré et surna-

(1) R. P. HAHN, *Réponse autographiée.* p. 6.

turel. Votre conduite, je le sais, est toute différente de la mienne : bien loin d'attribuer à cette parole un cachet surnaturel et sacré, vous n'y croyez pas même toujours. « Pour moi, dites-vous, « quand je retrouve dans le langage des extatiques, l'écho des « doctrines professées par leurs directeurs ou consignées dans « les livres spirituels de leur temps, j'hésite à admettre une ins- « piration quelconque et je me sens assez libre vis-à-vis d'inter- « prétations, provenant d'une raison faillible comme la mienne. » Mais comment pouvez-vous, mon Révérend Père, appliquer cela à sainte Thérèse dont vous avez si souvent vanté la haute intelli- gence ? Sainte Thérèse, n'être qu'un écho des doctrines profes- sées par ses directeurs ou consignées dans les livres spirituels de son temps ! Comment pouvez-vous concilier cela avec tout ce que vous avez dit de la pénétration de son esprit et de la rectitude de son jugement ? Mais inutile d'insister davantage. Je ne peux admettre vos principes et vos distinctions, et dès lors, comme vous me l'écriviez, le 16 avril, « il devient superflu de pousser « plus loin la discussion qui ne se réduirait plus de part et d'autre « qu'à une suite d'affirmations constamment répétées et cons- « tamment rejetées. »

En effet, nous plaçant à des points de vue différents, comment pourrions-nous apercevoir les objets sous le même aspect ? Nous ne raisonnons pas d'après les mêmes principes, nos conclusions ne peuvent être les mêmes. Vous argumentez d'après vos connais- sances médicales, vos études cliniques et vos expériences person- nelles ; je raisonne d'après ce que j'ai appris des théologiens et des mystiques, ajouté à ce que j'ai pu tirer de l'étude de la physiologie et des livres de pathologie les plus autorisés. Ma synthèse étant plus étendue que la vôtre, mes conclusions ont dû s'en ressentir.

Je n'ai pas la prétention, mon Révérend Père, de vous amener à mon sentiment ; votre *Réponse* me prouve que vous tenez tou- jours à vos idées. Mais vous me permettrez de conserver mon opi- nion, qui me semble assez solidement établie.

Outre les félicitations et les applaudissements que vous avez déjà reçus de hauts et doctes personnages, vous aurez encore pour vous, je le reconnais, presque toute la corporation des méde- cins, toute l'école des naturalistes et des rationalistes et la mul- titude innombrable des sceptiques.

J'aurai pour moi certainement la tradition constante de l'Eglise catholique, qui depuis trois cents ans a toujours cru, sans

aucune distinction, à la réalité de toutes les visions de sainte Thérèse. J'aurai pour moi les théologiens et les mystiques ; j'aurai
pour moi toutes les Familles religieuses, si j'en juge par les lettres
que j'ai reçues ; j'aurai aussi, je crois, bon nombre de membres de
l'illustre Compagnie de Jésus : vous reconnaissez vous-même, mon
Révérend Père, que vous êtes loin d'être d'accord avec le R. P. de
Bonniot, si compétent en cette matière. Enfin, j'aurai pour moi,
j'espère, sainte Thérèse, dont vous rejetez parfois le témoignage
et dont vous faites, en certaines circonstances, une hallucinée.

Je m'en tiens là, et je clos cette discussion par le jugement
qu'un savant Évêque a porté sur votre travail et sur le mien,
après un mûr examen : « Une longue absence, qui n'a pris fin que
« ces derniers jours, a forcément retardé ma réponse à votre
« lettre. Puis j'ai voulu me procurer et parcourir le *Mémoire* du
« R. P. Hahn, afin de mieux juger la question traitée par vous.
« On ne saurait douter des intentions du docte professeur de
« Louvain. Il a évidemment cru bien servir l'Eglise et même
« contribuer, pour sa part, à l'honneur de l'incomparable vierge
« d'Avila. Mais trop évidemment aussi, il s'est trompé, et vous
« l'avez démontré d'une manière péremptoire. Oui, le *Mémoire*
« contient plusieurs opinions téméraires et qui ne sont pas sans
« péril pour la foi... Je ne sais à quel point de vue se sont placés
« les juges de Salamanque pour couronner le *Mémoire* du
« P. Hahn : mais vous avez certainement rendu un vrai service aux
« âmes et bien mérité du Carmel, en réduisant ce travail à sa
« juste valeur scientifique et en réfutant ce qui, au point de vue
« de la théologie, s'y trouve d'erroné et de dangereux. » Quelques
jours plus tard, le vénérable Prélat ajoutait : « J'avais, en vous
« écrivant, un médecin derrière moi, fort instruit, excellent
« chrétien, et qui, à son point de vue, vous donne raison sur
« toute la ligne. Les adversaires auront beau dire et alléguer
« même le jugement de Salamanque, vous êtes dans le vrai et
« demeurez maître du champ de bataille Je vous félicite et vous
« remercie du fond du cœur. »

IV

Mais si nous différons d'opinions sur certaines questions, il y a
une chose, mon Révérend Père, sur laquelle, j'en ai la confiance,

nous serons toujours d'accord : c'est dans un sentiment de tolé-
rance, d'affectueuse sympathie, de bienveillance et d'estime mu-
tuelle. Si, pour complaire à quelques amis, je me suis déterminé
à publier mes impressions sur votre savante dissertation, j'aurais
été désolé de laisser échapper un mot capable de vous blesser ou
seulement de vous contrister. J'ai eu autrefois des rapports trop
agréables avec les RR. PP. Victor et Remi de Buck et le vénérable P. Van Heyck, et j'ai une trop profonde vénération pour
l'illustre Compagnie de Jésus, qui renferme dans son sein tant
d'hommes éminents et qui rend tant de services à l'Eglise, pour
vouloir faire la moindre peine à l'un de ses membres. Grâce à
Dieu, vous avez compris mes sentiments, et j'ai été très-vivement
touché de la courtoisie avec laquelle vous avez répondu à mes
objections et à mes critiques. Aussi j'ose espérer que vous agréerez
avec bienveillance l'hommage de la très respectueuse affection
avec laquelle je suis,

Mon Révérend Père,

Votre tout dévoué en Notre-Seigneur,

A. TOUROUDE.

Paris, 33, rue de Picpus.

TROISIÈME LETTRE

AUX CARMES

AUX CARMÉLITES

et

AUX FERVENTS ADMIRATEURS DE Ste THÉRÈSE

HISTORIQUE ET CONCLUSION DE LA DISCUSSION

Un jour, Notre Seigneur disait à sainte Thérèse : Mon honneur sera le tien, et ton honneur sera le mien ; il vient encore une fois de confirmer cette parole de la manière la plus éclatante. J'ai reçu, à l'occasion de mes *Lettres* au P. Hahn les plus hautes et les plus flatteuses approbations ; mais si j'étais tenté d'en tirer vanité, je serais bien vite obligé de reconnaître humblement qu'en tout cela je n'ai été qu'un simple et pauvre instrument entre les mains de Notre Seigneur, qui a daigné se servir de moi pour venger l'honneur vraiment outragé de son incomparable servante. En effet, pourquoi l'idée est-elle venue à Notre Très Rév. Père Supérieur Général de m'imposer l'obligation de mettre par écrit ce qu'il y avait, à mon sens, d'erroné et de blessant pour la personne de sainte Thérèse dans le *Mémoire* du P. Hahn ? Cent fois nous nous étions entretenus de certains ouvrages tout aussi condamnables ; c'était souvent le sujet de nos conversations pendant nos récréations ; jamais il n'avait eu la pensée de me

charger de les réfuter. Et quand ma première *Lettre* a été écrite,
pourquoi a-t-il voulu que, malgré toutes mes répugnances, je la
livre à l'impression ? Un je ne sais quoi lui disait qu'il ne fallait
pas laisser passer sans protestation les appréciations du P. Hahn
sur les *Phénomènes hystériques* et les *Révélations de sainte
Thérèse.* Qui pourrait s'empêcher de reconnaître ici le doigt de
Dieu ?

Et maintenant, comment se fait-il que n'ayant pas l'habitude
d'écrire, j'aie pu, sans études préalables, exposer les symptômes
et les phases de l'hystérie d'une manière si claire que tout le
monde a pu les comprendre, et si exacte que, loin de signaler
aucune erreur dans ma *Lettre,* un vénérable Évêque me mandait
du Midi de la France : « J'avais, en vous écrivant, un médecin
« derrière moi, fort instruit, excellent chrétien et qui, à son point
« de vue, vous donne raison sur toute la ligne » ; tandis qu'on
m'écrivait de Bruges : « Notre docteur, homme de grande expé-
« rience, qui a traité plus de trois cents hystériques, a haussé les
« épaules, après avoir lu le *Mémoire* du P. Hahn. Je ne com-
« prends pas, disait-il, comment le P. Hahn a eu la hardiesse
« d'aborder cette matière ; il ne saisit pas la valeur de certains
« termes médicaux qu'il emploie. La réponse de M. Touroude
« est parfaite, il n'y a pas à y répliquer — C'est de tout notre cœur
« que nous vous adressons nos félicitations. Votre seconde *Lettre*
« est réellement accablante pour votre adversaire ; vous lui avez
« donné le coup de grâce. »

Je n'aurai pas la fatuité d'attribuer à ma science ou à la pénétration de mon esprit un pareil succès. Le secours d'en haut est
si évident, que le Supérieur d'un monastère espagnol m'écrivait :
« Je bénis le bon Dieu de vous avoir si bien inspiré pour
« l'honneur de son insigne servante. » « Je bénis Notre Seigneur,
« qui a si bien dirigé votre plume, m'écrit un autre, de vous
« avoir inspiré pour cette polémique avec la force des arguments,
« une parole si mesurée que la vérité peut ressortir et être mise
« dans tout son jour, sans blesser la charité. » Enfin, un fervent
religieux ajoutait : « Je suis tout à fait de l'avis de ceux qui disent
« que Dieu vous a donné grâce et mission pour servir la vérité
« en cette circonstance, et que ni la défection, ni même les
« ménagements charitables qui pourraient amoindrir sa lumière
« ne vous sont permis, tant que vous n'aurez pas soldé complète-
« ment le mandat que la Providence et les amis de la vérité

« maintiennent à votre charge ; ni difficultés, ni conseils craintifs
« ne peuvent vous en dispenser. » J'ai donc tout lieu de répéter :
le doigt de Dieu est là. La suite le fera encore mieux voir.

Si, comme le dit le P. de Bonniot, ma *Lettre* avait porté les
premiers coups à la thèse du P. Hahn, elle n'était connue que
d'un très petit nombre de personnes et elle ne détruisait pas
l'impression générale causée par le *Mémoire* et surtout par
l'article publié à sa louange par le P. de Smedt. L'hystérie de
sainte Thérèse et ses hallucinations allaient passer en chose jugée.
A tel point qu'un de nos savants évêques, sur la paro'e du P. de
Smedt, s'apprêtait à faire l'éloge de la dissertation du P. Hahn
dont il n'avait pas lu une seule ligne, quand on lui signala les
critiques dont elle était l'objet. Le Seigneur n'a pas permis que
la personnalité de sainte Thérèse fût ainsi diminuée et sa gloire
quelque peu obscurcie. Suivant l'expression d'un religieux de
Hongrie : l'offense avait été publique, il fallait que la réparation
le fût également, et chose admirable ! c'est le P. Hahn lui-même
qui a donné lieu à cette réparation éclatante. « Il semble, m'écrit
« un bon curé du Midi qui s'est beaucoup occupé de sainte Thé-
« rèse, que le P. Hahn eût dû se tenir pour content, dès le
« premier assaut qui ne laissait debout aucun de ses arguments ;
« mais Dieu a voulu qu'il n'en fût pas ainsi, afin que tout dans
« cette affaire fût tiré au net et connu du public. Votre seconde
« *Lettre* montre que le P. Hahn, déjà pauvre théologien, n'est
« pas un homme sérieux et que sa médaille d'or est un prix de
« faveur comme ceux qu'on distribue dans les petits pensionnats
« où l'on ménage la clientèle... Quant au professeur de Louvain,
« c'est un homme coulé ; vous l'avez mis trop juste au point, pour
« qu'il s'en relève jamais. »

Si le P. Hahn s'était résigné à garder le silence après ma
première *Lettre*, l'affaire en serait très probablement restée-là et
peut-être même aurait-il échappé à la condamnation, si j'en crois
quelques lettres venues de Rome. Mais il s'avisa de faire autographier, pour la distribuer, la réponse qu'il m'avait adressée au
mois d'avril et, comme je l'ai exposé au commencement de ma
seconde *Lettre*, me mit en quelque sorte dans la nécessité de
publier la réplique que je lui avais envoyée, en la complétant par
les nouveaux renseignements que j'avais reçus. De plus, comme
beaucoup de personnes désiraient avoir ma première *Lettre* qui
n'avait été tirée qu'à un petit nombre d'exemplaires depuis

longtemps épuisés, on m'engagea à la faire imprimer de nouveau en même temps que ma deuxième *Lettre*.

Mais alors se présenta une difficulté à laquelle je ne m'attendais pas. J'avais fait imprimer et distribuer à mes frais ma première *Lettre* ; ma seconde brochure devait occasionner une dépense assez considérable et je ne fus autorisé à la faire paraître qu'à la condition que les frais seraient couverts par une souscription. Persuadé qu'on s'empresserait de répondre à mon appel, j'adressai une petite circulaire aux Carmélites, que cette discussion devait intéresser particulièrement, en leur représentant que ce qui serait une assez lourde charge pour une seule personne, deviendrait insignifiant réparti sur un grand nombre. Mais il, semble qu'en cette circonstance Notre Seigneur voulut me faire sentir encore combien mes vues sont courtes. Sur cent dix maisons de Carmélites qui existent aujourd'hui en France, plus de soixante ne daignèrent pas même répondre à ma circulaire. Une bonne Supérieure alla même jusqu'à m'écrire que c'était là une question puérile qui ne méritait pas qu'on s'en occupe. Je n'aurais jamais cru, je l'avoue, que des Carmélites se seraient montrées si indifférentes et auraient fait si bon marché de l'honneur de leur sainte et illustre Fondatrice.

Au reste, cette indifférence était peut-être plus apparente que réelle. Je ne tardai pas à apprendre que certaines personnes faisaient tous leurs efforts pour entraver la souscription et empêcher une nouvelle publication de mes *Lettres*. Une Prieure m'écrivait, avec une expression de regret, que leur Supérieur leur avait défendu de contribuer à cette dépense Une autre me disait : « Quelques Carmels m'ont fait de la peine en me parlant
« à peu près dans les mêmes termes que la Prieure dont vous me
« citez les expressions inqualifiables ; je vous les nomme confi-
« dentiellement. » Puis elle ajoutait carrément : « J'ai su la cause
« de tout cela. Certains directeurs les ont empêchées de suivre
« l'élan de leur cœur filial. Ici, ils m'ont tenu le même langage
« toutefois leur avis n'a pu changer mon jugement, ni mes
« sentiments. »

Je commençais à croire que l'entreprise allait échouer ; mais ce n'était qu'un moment d'épreuve. Bientôt les souscriptions arrivèrent et les ressources me vinrent d'où je les attendais le moins. Je fus ainsi amplement dédommagé de l'indifférence et du dédain avec lesquels ma circulaire avait été accueillie dans

certaines maisons, par les bonnes paroles et la générosité de
que'ques autres. « Dieu seul sait ce que j'ai souffert de voir notre
« sainte et séraphique Mère ainsi traitée, et par un Jésuite ! Je
« vous remercie bien humblement de daigner employer votre
« talent à défendre celle que Jésus a tant aimée et à qui il a
« accordé des grâces qu'il n'a faites à personne. De tout cœur je
« souscris pour six exemplaires et en plus je vous offre une
« somme de cent francs pour vous aider à couvrir un peu vos
« frais. C'est le petit bouquet de fête que nous offrons à notre si
« aimante Mère. »

« Nous souscrivons bien volontiers pour six exemplaires, m'écrit
« une autre, et au besoin nous voudrions contribuer plus large-
« ment aux frais de cette publication, si cela était nécessaire.
« Dans ce cas, veuillez, M. R. P., nous faire appel. Nous croirons
« faire une œuvre utile à la gloire de Dieu, en vous venant en
« aide. »

« Nous voudrions souscrire pour un nombre considérable de
« vos admirables brochures, me mande une autre ; obligées de
« nous borner, nous vous prions de nous inscrire pour dix
« exemplaires... Je ne doute pas que votre doctrine si logique,
« vos documents si précis, ne fassent un grand bien et n'appor-
« tent la lumière dans les esprits... Hier nous avons eu l'honneur
« et la consolation d'entendre une voix autorisée dans la Sainte
« Eglise, admirer votre première brochure et souhaiter ardem-
« ment la publication de la seconde. »

« Je vous envoie un mandat de dix francs, m'écrit-on d'un
« autre côté ; je voudrais vous envoyer dix et cent fois plus ! Que
« c'est triste de voir les élans du cœur arrêtés par la bourse ! Il
« est de toute justice que les avocats de Notre Sainte Mère n'en
« soient pas pour leurs frais et que le Carmel fasse quelque chose.
« Jamais nous ne pourrons vous témoigner assez notre recon-
« naissance ; car vous donnez plus que de l'argent ; vous donnez
« votre nom et vous prenez la responsabilité. Nous prions pour
« que Notre Sainte Mère vous récompense et vous fasse participer
« à son triomphe. Car nous avons la ferme espérance que cette
« lettre ne servira qu'à rehausser sa sainteté et sa gloire. et vous
« allez y contribuer. »

Mais ce qui m'a particulièrement touché. c'a été de voir de
pauvres religieuses se saigner, pour ainsi dire, aux quatre
membres, afin de concourir à cette publication. « J'arrive proba.

« blement la dernière avec ma modeste offrande, m'écrivait la
« Supérieure d'un Carmel de Belgique ; elle est si minime, que
« j'en ressens de la peine et de la confusion ; j'aurais voulu la
« doubler et la tripler. Mais nous sommes dans une extrême
« pauvreté ; nous devons aller à l'emprunt pour tout. J'espère
« que d'autres Carmels auront été plus heureux. » A cette lettre
était joint un mandat de dix francs.

Ainsi assuré en quelques semaines que la dépense serait large-
ment couverte, je portai mon manuscrit chez l'imprimeur La
brochure, tirée à huit cents exemplaires, fut rapidement enlevée
et, sans être dans le commerce, répandue en France, en Espagne,
en Italie, en Allemagne et en Belgique. Quelques jours après, le
Mémoire du P. Hahn était condamné par la S. Congrégation
des Rites ; l'honneur de sainte Thérèse était vengé ; ma mission
était remplie. Comme pour me le faire bien comprendre, par une
disposition admirable de la divine Providence, au moment même
où nous apprenions cette condamnation, je recevais l'ordre de
quitter Paris et de me rendre immédiatement dans une maison
de province pour remplacer un de nos Pères devenu impotent.
C'est là que je passerai probablement le reste de ma vie dans le
silence et l'obscurité d'où j'aurais été heureux de ne jamais
sortir.

Cependant ma seconde *Lettre* n'avait pas été accueillie avec
moins de faveur que la première. Dans l'espace de trois mois,
j'ai reçu plus de quatre cents lettres de félicitations. Que ne
m'est-il permis de citer les noms des éminents personnages qui
m'ont fait l'honneur de m'écrire ! Quel poids leur nom n'ajoute-
rait-il pas à leur appréciation ! C'est ce que m'a fait très bien
observer le savant doyen d'une Faculté de théologie : « Vous me
« pardonnerez, si je regrette que vous ayez fait trop grand usage
« de l'argument d'autorité, en invoquant des lettres dont les
« respectables auteurs ne sont pas connus et n'ont peut-être pas
« une réelle compétence. » Plusieurs m'avaient formellement
autorisé à les faire connaître ; mais Notre Très Rév. Père Supérieur a pensé qu'il valait mieux taire les noms. Il ne m'a pas
même permis de dire à quel Ordre appartenaient les religieux
dont je citais les paroles. On appréciera facilement les motifs de
cette sage réserve. Toutefois ces lettres mises en ordre et numé-
rotées, seront conservées avec grand soin dens les archives de la
Congrégation, et si plus tard quelqu'un veut écrire l'histoire de

cette polémique, il lui sera facile de connaître les auteurs de ces lettres et de vérifier l'exactitude de mes citations.

Je conviendrai franchement et sans nulle honte que j'ai été heureux de voir mes deux *Lettres* approuvées par les hommes les plus compétents, et dût-on me reprocher, comme l'ont fait deux de mes meilleurs amis, de marcher un peu trop sur des roses et de me louer moi-même par la plume de mes correspondants, je ne peux m'empêcher de citer un certain nombre d'approbations que j'ai reçues ; n'y eût-il que pour me justifier d'un reproche qui m'a été, je l'avoue, fort sensible ; celui d'avoir mis de la passion dans ma polémique (1) et d'avoir donné lieu au P. de San de *protester contre les attaques dont son confrère avait été l'objet.* (2)

Ce n'était pas là l'opinion du P. de Bonniot qui m'écrivait le 29 Novembre : « J'ai lu avec un grand intérêt votre seconde « brochure. Tout ce que vous dites sur Salamanque est fort « instructif. Il est bien regrettable que tout cela n'ait pas été « connu par nos Supérieurs... Enfin le mal est fait ; vous méritez « bien de l'Église, en l'atténuant autant que vous le pouvez... On « souhaite connaître votre travail auprès de Notre R. P. Général, « comment pourrais-je me procurer vos deux brochures, afin de « les envoyer à Florence?... Mon Provincial m'a également « témoigné le désir de vous lire. Je lui ai communiqué votre « seconde brochure dont il a été fort content ; mais je ne puis lui « passer la première, dont je me suis dessaisi depuis plusieurs « mois. »

Quelques jours après, je recevais de Belgique les lignes suivantes : « Je suis encore sous le charme de vos intéressantes « réfutations. Je ne puis me lasser d'admirer la dignité calme et « religieuse qui domine dans les deux *Lettres* et la modération « avec laquelle vous défendez cette sainte cause. Il n'est pas « difficile de voir que vous avez la vérité pour vous et que la « charité seule vous empêche d'écraser davantage votre adver- « saire. »

« J'ai lu et relu votre brochure avec infiniment de plaisir, me « mandait un bon curé du fond de la Bretagne, je trouve que « vous avez parfaitement réfuté ce malheureux Jésuite avec une

---

(1) P. de San, p. 1.

(2) Circulaire pour annoncer la mise en vente de l'*Étude* du P. de San, chez Fetscherin.

« logique serrée et surtout avec une courtoisie que j'ai admirée.
« A votre place, je n'aurais pu m'empêcher de dire des sottises à
« cette espèce de Savant qui n'a pas craint de faire de sainte
« Thérèse une hystérique. »

Le Supérieur d'un Grand Séminaire partageait les mêmes
sentiments. « La lecture de votre brochure m'a vivement inté-
« ressé ; il est difficile de soutenir une meilleure cause et de le
« faire avec plus de logique, d'érudition et de courtoisie. »

Après ces appréciations venues de points si différents, je me
demande comment le P. de San a pu dire, sans donner aucune
preuve de son assertion, que depuis bientôt un an le Mémoire du
P. Hahn était devenu l'occasion d'une *polémique passionnée*.
Ne justifierait-il point par là ce qu'un ecclésiastique m'écrivait,
il y a quelques jours : « J'ai donné votre brochure à lire à un
« Jésuite qui prêchait ici, il s'est montré très réservé, et tout en
« vous approuvant, il ne paraissait pas trop condamner son
« Frère Hahn. *Ces bons Pères se soutiennent toujours entre*
« *eux.* »

Un Père Jésuite m'a fait dire tout dernièrement par un de ses
Confrères que j'avais perdu une belle occasion de me taire. Il a
peut-être raison. Mais il y a des gens qui ne partagent pas son
sentiment. « L'Évêque de..... offre tous ses remercîments au
« cher P. Touroude pour sa glorieuse défense de sainte Thérèse
« que je persiste à ne pas vouloir laisser mettre à la Salpêtrière
« comme une malade inavouable. »

« Je me suis mis à relire la vie de sainte Thérèse, me dit à son
« tour un homme du monde, j'ai pris le plus singulier plaisir à
« ma lecture et je suis encore plus étonné que devant que per-
« sonne ait jamais songé à faire de sainte Thérèse une hystérique...
« de la Salpêtrière. Ah ! je pense que pour le coup, quelque fût
« son amour de la souffrance et de l'humilité, la Sainte eût été
« trop humiliée. »

« J'éprouve le besoin de vous exprimer ma vive reconnaissance,
« m'écrivait le 11 décembre un Provincial de Belgique, pour le
« grand et religieux plaisir que j'ai goûté en lisant votre seconde
« *Lettre*. Grâce à Dieu, voilà le *Mémoire* de ce pauvre Père
« définitivement découronné et pulvérisé. C'est bien certainement
« la grande sainte Thérèse qui vous a fait découvrir le revers de
« la médaille d'or. L'affection et la protection de la Sainte
« Réformatrice du Carmel vous sont acquises à jamais, et saint

« Liguory, qui avait une si grande vénération pour elle, vous fera
« également bon accueil, quand vous arriverez au Paradis.
» J'envie votre sort et je vous présente mes plus chaleureuses
« félicitations. Quel service vous avez rendu à l'Église, mais
« quelle humiliation pour cet imprudent religieux ! Mes senti-
« ments dans cette question sont ceux de tous mes chers Confrères
« sans exception. Je vous remercie donc aussi en leur nom et je
« suis heureux d'avoir pu par mon avis contribuer un peu à vous
« faire publier cette seconde Lettre. »

« Vous savez quelle joie m'avait causée votre première *Lettre*,
« m'écrivait d'Espagne un Supérieur de Communauté, la deuxième
« ne fait que confirmer mon premier sentiment. Je vois avec
« bonheur qu'une acclamation générale a accueilli votre travail.
« On sent dans tout ce qui vous est écrit, comme un soulagement
« des consciences péniblement affectées par le *Mémoire* plus
« qu'aventureux du P. Hahn. Une chose m'avait profondément
« étonné, c'est le verdict de Salamanque. Vous avez porté une
« lumière complète sur ce point obscur. Il est vrai que le lauréat
« reçoit une douche terrible ; mais qu'y faire ! »

« Ce n'est point seulement en mon nom que je vous félicite et
« vous remercie, m'écrit un religieux de France, Notre Rév^me
« Abbé me charge de le faire en son nom et au nom de tous mes
« frères de notre Congrégation. Car tous avaient été peinés de
« cette triste et étrange affaire et heureux de voir la cause de la
« Sainte aussi vaillamment que solidement et doctement défendue.
« A présent la voilà vengée et tout bon catholique vous saura gré
« du zèle et de l'habileté que vous avez mis à la soutenir. Ce qui
« vaut mieux que tout le reste, sainte Thérèse qui vous avait
« armé son chevalier, tient sûrement pour vous dans les Cieux
« une palme toute prête. » — Et le Rév. Abbé ajoutait en *post-
scriptum :* « Vous avez gagné la partie ; désormais aucun
« catholique n'osera reprendre la question. C'est à vous que nous
« devons cette victoire, nous prions Dieu de vous en récom-
« penser. »

Enfin le Supérieur d'un grand établissement de Rome m'écrivait : « Je viens d'apprendre que votre zèle pour la défense de
« sainte Thérèse et en général de tous nos Saints contre la
« prétendue science moderne, vous a inspiré une deuxième
« *Lettre* au P. Hahn. Ai-je besoin de vous dire combien je serais
« heureux de la posséder pour la Bibliothèque de notre maison.

« La lecture de votre première *Lettre* nous a vivement intéressés.
« J'en ai parlé à l'Em. Cardinal P..., qui a vivement exprimé sa
« répulsion contre les doctrines du professeur de physiologie de
« Louvain. Recevez, M. R. P., mes meilleures félicitations pour
« vos intéressants travaux. »

Dira-t-on encore que j'aurais mieux fait de me taire? Je
comprends que les RR. PP. Jésuites auraient préféré me voir
garder le silence, et parmi ceux qui m'ont écrit, plus d'un
s'étonne que j'aie osé soulever cette question : « Il me tardait de
« vous écrire combien votre nouvel ouvrage m'a fait de plaisir,
« m'écrivait l'ancien Supérieur d'un Grand Séminaire, certes,
« je l'avoue, il ne vous a pas fallu peu de courage pour relever le
« gant devant un Jésuite, un professeur de Louvain, un lauréat
« de Salamanque; mais il s'agissait de l'honneur de l'Église, de
« la réputation d'une grande Sainte, de la gloire de la Religion,
« et vous n'avez pas hésite un instant à accepter la lutte. Grâce à
« la miséricorde de Dieu, vous avez vaincu, et sans autres armes
« que le bon sens et le raisonnement théologique, vous avez
« terrassé votre adversaire aux applaudissements de tous les
« hommes compétents. Il ne manquait plus à votre gloire que de
« dépouiller votre joûteur des prétendus lauriers conquis en
« Espagne et de nous montrer à quelle école il a appris ses
« doctrines, et voilà ce que vous nous montrez dans votre
« deuxième opuscule. Cet homme si fier de son triomphe, dont
« les docteurs de Salamanque ont à peine lu le travail et qu'ils
« ont renvoyé avec une médaille d'or dont ils ne savaient que
« faire, n'est qu'un élève des Charcot, des Bourneville et des
« Regnard ; c'est dans leurs amphithéâtres, au milieu des
« prostituées qu'ils étalent devant le public, qu'il a fait ses études ;
« c'est à leurs leçons qu'il a appris à tracer d'une main si ferme
« et si hardie, l'action de Dieu et de ses créatures. Il ne s'aperçoit
« pas, le malheureux! quelle large porte il ouvre aux ennemis
« de Dieu et du Surnaturel, pour l'interprétation des Saintes
« Ecritures et des miracles de J.-C. et de ses Saints. Heureuse-
« ment vous lui avez donné une rude leçon ; Dieu veuille qu'il en
« profite. »

D'autres moins sévères s'occupent seulement de la déconvenue
du P. Hahn par rapport à sa couronne : « Quand j'étais écolier,
« m'écrit un Docteur ès-lettres, on décernait des couronnes de
« laurier à tous ceux qui remportaient un premier prix et j'en

« recevais chaque année quelques-unes. Après les avoir montrées
« aux parents et connaissances, ma mère allait les pendre à un
« clou au grenier ; là bientôt elles se desséchaient, se flétrissaient
« comme toutes choses ici-bas ; et ma bonne mère allait leur
« dérober tantôt une feuille, tantôt une autre, pour en aromatiser
« le pot-au-feu ; si bien qu'au bout de quelques mois, de chacune
« de mes belles couronnes si chèrement achetées, si fièrement
« portées, il ne restait qu'un maigre cercle formé de deux
« baguettes entortillées de gros fils gris : *Sic transit gloria*
« *mundi!* Voilà, M. R. P., ce qu'est devenu entre vos mains la
« couronne du *Mémoire* couronné à Salamanque. Votre seconde
« *Lettre* est le complément nécessaire de la première : celle-ci
« réfutait le malencontreux *Mémoire à ratione*, celle-là le réfute
« *ab auctoritate*. Tout cœur qui se sent un peu d'affection pour
« la grande Thérèse, se sent soulagé, en le voyant réprouvé par
« tous les hommes bien pensants et religieux de toutes les
« classes. »

« Quant à nos impressions, m'écrit un autre, il m'est impossible
« de vous les décrire. Jamais lecture n'avait plus excité notre
« intérêt ; à vous écouter, une heure passe en un instant. Pauvre
« P. Hahn ! Si nous pouvions le plaindre, ce serait bien le cas !...
« Vous l'avez poursuivi dans ses derniers retranchements avec
« une telle vigueur de logique, qu'il semble comme impossible
« que désormais il puisse ouvrir la bouche. Quoi ! cette médaille
« d'or dont il faisait si grande parade, n'est qu'une récompense
« de faveur et comme un jouet qu'on donne à un enfant pour le
« consoler d'une défaite ! Les palmes du Lauréat de Salamanque
« sont aujourd'hui bien flétries et il expie cruellement la vaine
« joie de son prétendu triomphe. »

Mais c'est surtout sur le danger que faisaient courir au surnaturel les imprudentes théories du P. Hahn, qu'insistent la
plupart des lettres que j'ai reçues. « Après avoir lu votre pre-
« mière *Lettre*, j'ai voulu connaître l'ouvrage du P. Hahn. Je
« l'ai lu ; de suite j'ai senti qu'il amenait insensiblement les âmes
« à douter de tout, et je n'ai pu me défendre, passez-moi le mot,
« d'un profond dégoût, en voyant une Sainte si pure et si angé-
« lique, mise en parallèle avec les infortunées de la Salpêtrière.
« Cette lecture m'a fait apprécier plus justement votre première
« réponse qui se trouve si parfaitement complétée par la seconde.
« Oui, M. R. P., je me suis demandé bien des fois comment le

« *Mémoire* du P. Hahn avait été couronné à Salamanque.
« Involontairement je me disais et je me laissais dire : pour
« avoir eu un tel succès, il faut donc que cet ouvrage ait une
« valeur réelle, en dehors de sa forme littéraire ! ! Vous avez
« donc rendu un immense service, en nous révélant le secret de
« la décision du Jury de Salamanque. Merci, mille fois, de la
« peine que vous avez prise, pour éclaircir cette question ; elle
« était d'une importance incontestable et vient appuyer et confir-
« mer votre réfutation.

« Mgr Notre Évêque est très sensible à votre souvenir ; il me
« charge de vous exprimer ses remercîments, au nom de la Foi
« que vous avez défendue et au nom du Carmel que vous avez si
« généreusement consolé, en combattant une thèse injurieuse à
« sainte Thérèse avec autant de délicatesse que de science et de
« talent. »

« Abonné à la *Revue des Questions scientifiques*, écrit le
« Supérieur d'un Grand Séminaire, j'y avais lu avec une pénible
« surprise les articles du P. Hahn. Je me demandais comment
« un Jésuite avait pu écrire de pareilles choses et comment les
« Supérieurs avaient pu en autoriser la publication. Ma surprise
« augmenta encore, lorsque j'appris que l'Université de Sala-
« manque, la grande École catholique qui devait garder avec un
« soin jaloux les gloires religieuses de l'Espagne, avait couronné
« cette œuvre étrange. Votre écrit a donc été pour moi un véri-
« table soulagement, je vous en remercie. Il est vrai que vous
« n'avez pas complétement réussi à détruire l'impression fâ-
« cheuse qu'a produite en moi l'attitude de la célèbre Univer-
« sité en cette affaire. Ce n'est pas sans doute tout ce qu'on avait
« dit, mais c'est trop encore Est-il croyable qu'il ait été décerné
« une récompense quelconque à un *Mémoire* qui assimile sainte
« Thérèse aux hystériques de la Salpêtrière ? Tout ce qu'on peut
« dire de mieux, c'est que ça a été ou une grande légèreté ou une
« grande faiblesse.

« Quant à la singulière et inconvenante théorie du P. Hahn,
« vous l'avez, M. R, P., victorieusement réfutée. Votre argu-
« mentation simple et lumineuse ne laisse rien subsister du
« pompeux échafaudage scientifique laborieusement élevé pour
« établir le prétendu hystérisme de sainte Thérèse. Vous êtes
« plus fort encore lorsque vous montrez que si les apparitions
« diaboliques racontées par la Sainte sont imaginaires, les appa-

« ritions divines le doivent être également, et que dès lors de
« négation en négation, on arrive logiquement à douter de tous
« les faits surnaturels.

« Vous avez donc, M. R. P., rendu par votre réfutation un
« vrai service à la science sacrée. En vengeant sainte Thérèse,
« vous avez fait une œuvre méritoire et sainte. Les témoignages
« si nombreux et si flatteurs que vous avez reçus de tous côtés,
« de la part même de personnages éminents par leur science,
« vous prouvent assez que vous avez frappé juste. L'auteur du
« *Mémoire* aura beau faire, il ne se relèvera pas du coup que
« vous lui avez porté. »

Peut-être celui qui m'écrit aurait-il été moins étonné de voir
une récompense accordée au P. Hahn, s'il avait connu la lettre
adressée par un dignitaire de l'Église de Salamanque à un
ecclésiastique français qui a bien voulu m'en communiquer
l'extrait suivant : « Vous me demandez explication au sujet de la
« médaille d'or décernée au P. Hahn, Jésuite. Vous savez déjà
« que voyant la tournure que prenait le Centenaire, je dus me
« retirer avec douleur, parce qu'on refusait de tenir compte de
« mes remontrances, emportant le regret d'avoir pris conjointe-
« ment avec Mgr l'Évêque de Salamanque, l'initiative du pro-
« gramme et des fêtes.....

« Les PP. Jésuites de Salamanque ont pris une grande part
« dans l'examen des travaux et *dans la distribution des récom-*
« *penses*, ceci vous expliquera, du moins en partie, ce que vous
« désirez savoir. »

« Je suis du nombre de ceux que la publication du fameux
« *Mémoire* du P. Hahn a révoltés et blessés dans leurs senti-
« ments les plus intimes, m'écrit le Recteur d'une célèbre Uni-
« versité. Par contre j'ai lu avec la satisfaction la plus vive vos
« pages si pleines, si lumineuses, si animées d'un véritable amour
« pour la Séraphique Mère et pour la Sainte Église dont elle est
« une des gloires les plus pures. Vous avez fait justice d'une
« thèse répugnante ; au nom de la science et en lui empruntant
« ses arguments, vous avez vengé la piété. Merci, mille fois
« merci.

« Il y a longtemps que pour une certaine école médicale, la
« sainteté comme le génie, ne sont plus que des cas patholo-
« giques. Ce qui est nouveau, c'est de voir un religieux donner
« des gages et fournir des armes aux partisans de ces théories

7

« que repoussent la raison et le bon sens, tout autant que l'ortho-
« doxie chrétienne. Loin de moi cependant la pensée d'incri-
« miner les intentions du P. Hahn, mais il faut avouer qu'il s'est
« étrangement trompé en croyant servir l'Église par le moyen
« qu'il a choisi. »

« Je suis bien en retard avec vous, me disait un Supérieur de
« Grand Séminaire ; mais une simple carte n'eût pas suffi pour
« vous remercier de votre excellente brochure. Je voulais vous
« dire toute ma joie de voir la grande Sainte du XVIᵉ siècle
« vengée de toutes les indécentes théories qu'on essayait de vul-
« gariser au sujet de ses extases. J'ai admiré la science dont vous
« faites preuve à toutes les pages de votre étude, la modération
« que vous savez garder vis-à-vis de votre adversaire et cette
« sagacité inspirée par la foi et la piété qui vous fait reconnaître
« la vraie cause des phénomènes surnaturels accomplis dans
« sainte Thérèse, beaucoup mieux que ne sauraient le faire
« toutes les expériences du Dʳ Charcot. — Beaucoup de ces
« médecins cités dans le livre dont vous avez entrepris la critique,
« ne cachent plus leurs desseins. Ils prétendent, sous prétexte
« d'hystérie, arriver à supprimer le surnaturel de la sainteté et
« même la responsabilité morale. C'est bien le devoir d'un prêtre
« de s'opposer à ces détestables doctrines et de signaler le danger
« de certains ouvrages écrits par des catholiques avec de bonnes
« intentions, je veux bien le croire, mais où l'on fait de trop
« larges concessions, à la science hétérodoxe. Vous avez fait une
« bonne et belle œuvre. Votre protestation aura donné l'occasion
« d'expliquer les approbations complaisantes données au livre
« du P. Hahn par des juges qui ne l'avaient pas suffisamment
« étudié ou compris. De toutes parts on se rallie à vous et je suis
« heureux de m'unir aux témoignages de félicitations qui vous
« ont été adressés par des Évêques et tant de prêtres recomman-
» dables à tous les titres. »

« Si ma voix était plus autorisée, m'écrit enfin un religieux
« bien connu par ses nombreuses publications, je vous dirais que
« vous avez rendu un grand service à la cause si outragée de nos
« jours du Surnaturel divin... le naturalisme est l'erreur fonda-
« mentale de notre temps, il sape par la base le Christianisme
« qui en définitive repose tout entier sur le Surnaturel. Votre
« thèse, tout en s'appliquant à une Sainte vénérable entre toutes,
« a donc une portée plus large et plus élevée et à ce point de

« vue, c'est une œuvre de zèle divin autant qu'une réfutation
« péremptoire d'une aberration scientifique. Aussi vous pouvez
« vous vanter d'avoir été applaudi par tous les religieux de la
« Congrégation de France, depuis le Rév. Père Général, jusqu'au
« moine le plus obscur, comme votre humble serviteur. »

« Je viens de recevoir et de lire votre seconde *Lettre* au P.
« Hahn, m'écrivait un savant chanoine à son retour de Rome ;
« agréez mes félicitations pour ce nouveau service non moins
» remarquablement rendu à la Mère Séraphique du Carmel et à
« l'Église que le premier... Éclairée par votre érudition, la cou-
« ronne d'or de Salamanque posée sur le front du téméraire, se
« trouve réduite à une sorte de prix d'encouragement et de com-
« plaisance, délivrée par imprudence. La cause est critiquement
« finie. Plaise à Dieu que pour réduire à néant de hautes auto-
« rités dévoyées, l'Autorité Suprême, principalement émue par
« vous et par mon ami, M. l'abbé J. Morel, consulteur de l'Index,
« rende bientôt sa sentence assurément conforme. »

Il n'est pas besoin de dire avec quel bonheur et quelle joie la
plupart des Carmes et des Carmélites ont vu paraître les *Lettres*
au P. Hahn. Mais comme ils sont intéressés dans la question,
leur témoignage pourrait paraître suspect et entaché de partia-
lité. Aussi je me contenterai de citer deux ou trois lettres. Voici
ce qu'on m'écrivait de Hongrie, le 18 Décembre : « Nous avons
« reçu dix-huit exemplaires de votre savant Opuscule qui a telle-
« ment plu à tous ceux qui l'ont lu et en particulier à Son Altesse
« la Princesse Béatrice, mère des Princes Charles et Alphonse,
« de la famille de Bourbon, que nous en demandons encore
« plusieurs exemplaires ..

« Toute notre Province vous renouvelle ses remercîments pour
« votre défense de notre Sainte Réformatrice. » (1)

« Je n'ai vraiment pas de paroles pour vous exprimer ma pro-
« fonde gratitude, m'écrivait de son côté une bonne Supérieure,
« quel service vous avez rendu à notre incomparable Mère sainte
« Thérèse et à tout notre Saint Ordre ! Comment pourrons-nous
« jamais vous remercier dignement ! J'ai fait inscrire votre nom

---

(1) Submissa 18 exemplaria V. R. eruditissimi opusculi rité accepimus et adeo
valdè placuit legentibus omnibus et etiam S. Altitudini Beatrix, Matri Caroli et
Alphonsi o Stirpe Borbonicâ ut adhuc plura exemplaria desideremus.
Tota Provincia nostra renovat gratiarum actionem pro vindiciis S. Reformatricis
nostræ.

« sur le tableau de nos grands bienfaiteurs, afin que de généra-
» tion en génération, nos Mères prient pour votre Révérence. »

Puis elle ajoutait : « J'ai eu hier une grande consolation. Notre
« saint Évêque qui était absent, lorsque je lui envoyai vos pré-
« cieuses *Lettres*, est rentré, il y a trois jours. Trouvant votre
« brochure à son cabinet de travail, il en fut si ravi que malgré
« sa fatigue, il a lu la première *Lettre* jusqu'à minuit. — J'étais
« si soulagé en la lisant, me dit-il, que je ne savais fermer le
« livre ; je lirai la seconde *Lettre* ce soir. Oh ! que cela m'a
« consolé ! Aussi ai-je envoyé de suite ma carte de félicitations
« au bon P. Touroude ; quel service il a rendu à la Religion ! »

En effet quatre jours auparavant j'avais reçu la carte du vénérable Évêque avec cette apostille : « Je vous félicite, M. R. P., et
« je vous bénis. La lecture de vos *Lettres* a été pour moi un
« véritable soulagement. Merci !

II

Si les enfants et les amis de Sainte Thérèse étaient dans la
joie, il y avait un homme qui n'était pas content ; c'était le
P. Hahn ; et il ne pouvait guère en être autrement. Malgré
toute ma bonne volonté, ma *deuxième lettre* avait quelque chose
de piquant. A mon grand regret, il m'avait fallu quitter les
régions sereines de la science et des discussions théologiques
pour descendre à des questions personnelles toujours extrêmement délicates. Aussi à peine le P. Hahn eut-il reçu cette *lettre*
qu'il m'écrivit *ab irato* : « Je regrette de devoir dire de rechef
« que je juge indigne de ma qualité de religieux et de Jésuite de
« réfuter le tissu de calomnies inventées par les personnages qui
« se prétendent si bien renseignés... » Puis laissant de côté
et l'hystérie et les hallucinations de sainte Thérèse, il en vient à
la fameuse médaille d'or décernée par le Jury de Salamanque.
Plût à Dieu que les rois de notre temps eussent défendu leur
couronne avec autant d'énergie, peut-être n'en serions-nous pas
où nous en sommes ! On dirait que le P. Hahn ne peut se
résoudre à me pardonner d'avoir porté une main téméraire sur
cette couronne à laquelle il paraît tenir par dessus tout. Aussi me

somme-t-il en quelque sorte d'avoir à communiquer à tous ceux qui avaient reçu ma brochure, une lettre du secrétaire Izquierdo qu'il qualifie à tort du titre de Secrétaire du Jury, lettre que le P. Hahn avait en sa possession depuis plus de trois ans, dont il n'avait jamais parlé et qu'il produisait pour la première fois. Elle était conçue en ces termes : « Le Jury appelé à juger les travaux « présentés au Concours, me charge de vous dire, comme j'ai « l'honneur de le faire, que votre travail, n° 56, correspondant à « la question 5, a été considéré, non-seulement comme digne du « prix du programme, mais en vertu de son mérite spécial et « comme il est un de ceux qui ont mérité une augmentation de « récompense, il a été décidé dans la séance du 8 de ce mois, de « substituer au prix proposé une médaille d'or.

« En accomplissant une tâche si honorable, j'ai le plaisir de « vous adresser mes félicitations et afin que vous puissiez prendre « part à la séance, je vous annonce en même temps que le 23 de « ce mois, aura lieu la distribution solennelle des prix. Que « Dieu vous ait en sa grâce ! Salamanque, 13 octobre 1882... « Dr Alejo Izquierdo, secrét. »

On verra tout-à-l'heure ce que vaut cette lettre du Dr Izquierdo.

Comme j'étais certain de la parfaite exactitude des renseignements que j'avais reçus, j'étais décidé à garder le silence et à laisser au temps le soin de manifester la vérité ; mais sur des observations qui me furent faites, je me déterminai le 26 Novembre, à adresser au P. Hahn la lettre suivante :

« Mon Révérend Père, le ton de vos deux dernières lettres est « tel que j'avais pris la résolution de ne pas vous répondre. « Aujourd'hui une personne dont l'opinion fait loi pour moi, « m'engage à vous dire que si ma seconde *Lettre* vous a « vivement blessé, c'est à vous-même que vous devez vous en « prendre. Et pour en venir de suite au point qui paraît vous « tenir le plus au cœur, pourquoi, quand il s'est agi de la décision « du Jury de Salamanque, vous êtes-vous contenté de m'adresser « un bout de phrase qui ne précise rien et avez-vous passé sous « silence la lettre du secrétaire Izquierdo que vous aviez en votre « possession depuis le mois d'octobre 1882 et qui, quand bien « même elle aurait été inexacte pour le fond, suffisait pour « expliquer le passage incriminé de l'article du P. de Smedt ? « Pourquoi avez-vous attendu à produire cette lettre, pour la « première fois, jusqu'au 14 Novembre 1885 ? Ne serait-ce point

« parce que vous doutiez vous-même, si le Dʳ Izquierdo avait
« très-exactement exprimé la pensée du Jury et si, dans le désir
« de vous être agréable, il n'avait point forcé la note élogieuse ?
« Si vous m'aviez communiqué cette lettre, je l'aurais loyalement
« publiée, laissant au Jury de Salamanque le soin de défendre et
« et de justifier ses appréciations. J'ai fait tout ce qui dépendait
« de moi pour parvenir à la connaissance de la vérité. Il vous a
« plu, je ne sais pour quelle raison, de me cacher une partie des
« choses que vous saviez ; il me semble que vous n'avez pas à
« vous plaindre de moi. Je ne pouvais me servir que des rensei-
« gnements que j'avais reçus. Or, ces renseignements m'avaient
« été transmis, après une information minutieuse, par un reli-
« gieux très-recommandable, occupant dans son Ordre un poste
« élevé, homme très-intelligent, très-instruit, très-prudent, très-
« délicat, incapable d'avancer sciemment la moindre chose
« inexacte ; ils méritaient donc toute ma confiance. Libre à vous
« de contester leur exactitude , c'est votre droit. Mais si vous
« vous permettiez de traiter de calomniateur ce vénérable reli-
« gieux, je serais obligé de protester hautement et de vous don-
« ner un démenti qui vous serait très-pénible. — Il me semble,
« mon Révérend Père, qu'il n'y a aucun intérêt, ni pour vous,
« ni pour l'illustre Compagnie de Jésus, ni pour la Religion, à
« soulever un pareil débat. Pour moi, jusqu'à plus ample infor-
« mé, je ne vois rien à changer dans ce que j'ai écrit. Tout ce
« que je peux vous dire, c'est que si je publiais une nouvelle édi-
« tion de mes *Lettres*, ce qui, j'espère, n'arrivera pas, je me ferais
« un plaisir de citer la lettre du Secrétaire du Jury, pour établir
« la parfaite bonne foi du P. de Smedt. Agréez, etc... »

Sans tenir compte de cette lettre, le P. Hahn fit autographier,
le 8 Décembre, une *réponse* à ma *deuxième Lettre*, réponse
où j'étais assez maltraité. On peut en juger par cette phrase qui
résume son argumentation : « Huit faussetés et une insinuation
« des plus perfides en deux pages d'un compte-rendu si clair,
« si précis, si réservé, consciencieux jusqu'au scrupule !! »

Or ce compte-rendu où le P. Hahn prétend découvrir » huit
faussetés et une insinuation perfide » avait passé sous les yeux de
plusieurs membres de la Commission du Concours et, avant de
m'être expédié, avait été communiqué à Mgr l'Évêque de Salamanque qui n'avait rien trouvé à y changer.

Il m'eût été très-facile de répondre aux assertions du P. Hahn,

mais il venait d'être condamné et j'aurais eu honte de frapper un
adversaire tombé à terre et mis en quelque sorte dans l'impossibilité de se défendre. Aussi je ne crus pas devoir lui répliquer.
Toutefois désireux de savoir ce qu'il fallait penser de cette lettre
de Don Izquierdo qui semblait contredire les renseignements que
j'avais reçus, je m'étais empressé d'envoyer à Salamanque une
copie des deux lettres que le P. Hahn m'avait écrites coup sur
coup. Or voici la curieuse réponse qu'on m'adressait le
28 Novembre :

« Vous pourrez regretter peut-être de n'avoir connu que trop
« tard la lettre de Don Alejo Izquierdo, *neveu et secrétaire de*
« *l'Evêque de Salamanque* : elle vous aurait expliqué l'em-
« barras, la réserve et le silence du Prélat, dont je soupçonnais
« bien la cause, comme je l'insinuais dans ma lettre du mois
« d'Août, mais elle n'aurait en rien modifié votre appréciation
« si juste des faits. Qui sait, mon Révérend Père, si le P. Hahn
« n'a pas encore en portefeuille d'autres lettres de Mgr Izquierdo
« ou de son secrétaire, qu'il tient en réserve pour vous mettre au
« dernier moment en contradiction avec Sa Grandeur?

« Mais cette lettre engage-t-elle le Jury *qui n'en a pas eu*
« *connaissance*, le Jury dont le chanoine don Alejo Izquierdo
« *ne faisait pas partie, aux séances duquel il n'a pas même*
« *assisté !* »

« Pour tout homme désintéressé et sans parti pris, la réponse
« est inévitable. On a voulu ménager l'amour-propre d'auteur
« du P. Hahn et certes on n'a pas eu tort, il le montre bien.
« Sans doute il a pu se tromper sur le sens de la décision du
« Jury; sans doute son erreur était rendue facile et légitime par
« la lettre flatteuse, trop flatteuse que le Chanoine Don Alejo lui
« avait écrite pour lui annoncer quelle récompense lui avait été
« accordée. Mais cette lettre, quels qu'en soient les termes,
« peut-elle rien changer aux faits et après l'exposé net et franc,
« autant que courtois, que vous en avez donné, quelqu'un, fût-ce
« même le P. Hahn lui-même, y peut-il voir autre chose
« qu'une manière gracieuse de rendre honorable et acceptable
« un échec ?..

« Quant aux procédés de discussion du P. Hahn, je ne les
« apprécierai pas; j'en suis consolé et je pense que vous l'êtes
« tout comme moi Bien que la dernière injure qu'on puisse
« accepter de sang-froid, soit celle de *calomniateur*, je ne

« regrette pas de l'avoir encourue par mon humble intervention
« dans cette affaire. Quand on n'est qu'un misérable pécheur,
« on n'a pas le droit de se plaindre d'une qualification outrageante.
« Je déplore mille fois plus l'atteinte portée au grand caractère
« et à la considération de l'incomparable Sainte Thérèse.

« Soyez une fois encore béni, M. T. R. P., d'avoir pris en
« main sa défense et de l'avoir si bien conduite. Je ne vous
« demande plus qu'une seule grâce, c'est d'user en ma faveur du
« crédit que vous devez avoir désormais auprès de cette grande
« Sainte pour me recommander à elle. »

Que ne m'est-il permis de prononcer un nom ! Le P. Hahn
avec toute sa science physiologiqqe et bien d'autres feraient
comme moi petite figure à côté de ce vénérable religieux aussi
modeste que savant.

Mais pour revenir à la question, c'est donc sur l'unique témoignage de Don Izquierdo, qui était le secrétaire de son *oncle* et
non pas du *Jury*, comme l'affirment par erreur le P. Hahn et le
P. de San, *qui ne faisait pas partie du Jury, qui n'a pas
assisté à ses séances* ; c'est donc, dis-je, sur l'unique témoignage
de ce jeune secrétaire que le P. de San s'appuie pour me donner
un démenti. « On a encore prétendu, dit-il, que loin d'augmenter
« en faveur du P. Hahn le prix du programme, le Jury n'avait
« pas même adjugé au travail un prix proprement dit. Pour
« montrer l'inanité de cette accusation, il suffira de mettre sous
« les yeux du lecteur la lettre officielle du Secrétaire du Jury. »
(Et il cite la lettre de Don Izquierdo). Je n'accepte pas, je
l'avoue, avec l'humble résignation du saint religieux de Salamanque, le démenti du P. de San. Dans le monde un démenti
équivaut à un soufflet. Or si notre divin Sauveur qui, pendant sa
Passion a supporté sans ouvrir la bouche les plus sanglants outrages, a cru devoir protester contre le soufflet que lui avait
donné un valet du Grand-Prêtre, on me pardonnera, je l'espère,
de protester contre le démenti qui m'est infligé par le P. de San
et que je ne crois pas avoir mérité.

C'est encore sur la lettre de Don Izquierdo que s'appuie le
P. de San pour répondre à ceux qui se sont étonnés que la publication du *Mémoire* du P. Hahn ait été autorisée par les
Supérieurs de la Compagnie de Jésus : « Ont-ils donc ignoré,
« s'écrie-t-il, l'approbation sans réserve du Jury de Salamanque
« couronnant le Mémoire ?.. Fallait-il, en Belgique se montrer, à

« l'endroit de l'illustre espagnole, plus susceptible que l'Espagne
« elle-même, représentée à Salamanque par des théologiens
« choisis ?.. N'était-ce pas leur faire injure que de prétendre
« réformer un verdict aussi solennel ?... »

Mais pourquoi, pourrait-on répliquer, le P. de San, ne
produit-il pas le texte de ce verdict solennel ? Car enfin une
simple lettre n'est pas un verdict.

Pourquoi, si la lettre de Don Alejo rendait bien la pensée du
Jury, le Jury ne l'a-t-il pas consignée dans le procès-verbal signé
par tous ses membres ? Pourquoi ne l'a-t-il pas proclamée bien
haut dans la déclaration lue en public ?

Pourquoi l'Evêque de Salamanque me faisait-il prier d'écrire
au P. Hahn pour le presser de demander au Jury de bien expliquer sa pensée ? N'est-il pas évident que le Prélat cherchait à
dégager son neveu, en faisant répondre que la lettre de son
secrétaire avait été mal interprétée ? Pourquoi, en m'accusant
réception de ma lettre et de ma brochure, le Prélat ne m'avertis-
sait-il pas que les renseignements qui m'étaient venus de Salamanque étaient inexacts, au lieu de m'écrire qu'il approuvait
mes idées et pour le fond et pour la forme ainsi que pour la courtoisie avec laquelle j'avais traité cette question ?

Pourquoi enfin, après la publication de ma deuxième *Lettre*,
le P. de San n'a-t-il pas cherché à éclaircir la question avant de
me donner un démenti ? Cela lui était tout à fait facile, puisqu'un
des membres du Jury, ce que le P. de San a dissimulé soigneu-
sement, était le R. P. Martin, de la Compagnie de Jésus, qui ne
pouvait refuser à son Confrère tous les renseignements et toutes
les explications dont il pouvait avoir besoin. S'il ne l'a pas fait,
n'est-ce point parce qu'il craignait que la réponse ne fût pas
conforme à ses désirs ? Il a préféré se servir d'un titre apparent,
d'un titre coloré, sans vouloir approfondir quelle était la valeur
de ce titre. Ne pourrait-on pas dire que si le P. de San n'a pas
connu toute la vérité sur ce point, c'est qu'il n'a pas voulu la
connaître ?

Mais qu'est-il besoin d'insister ? Le simple bon sens suffit pour
démontrer que les choses n'ont pu se passer comme le prétend le
savant Professeur de Théologie. Il est surprenant qu'un homme
aussi habile que le P. de San qui est, dit on, la terreur des élèves
de l'Université de Louvain par la subtilité de ses arguments, dans
les discussions publiques, n'ait pas remarqué que pour faire

croire à ses lecteurs que le P. Hahn avait été couronné au
Concours de Salamanque, il fallait leur faire admettre la chose
la plus étonnante, la plus merveilleuse, la plus incompréhensible,
la plus incroyable qui se puisse imaginer. En effet le P. Hahn
avait concouru pour le troisième prix du programme, comme le
prouve la dernière phrase de son *Mémoire* : « C'est pourquoi
« nous croyons avoir prouvé que : « quand les rationalistes
« accordent à sainte Thérèse de Jésus une grande promptitude
« et une grande force de réflexion, une connaissance claire,
« exacte et profonde des opérations de son âme, ils nous offrent,
« même sous ce point de vue, une preuve concluante pour
« démontrer que la Sainte était parfaitement à même de distin-
« guer entre le naturel et le surnaturel, et qu'elle n'est pas
« victime d'une illusion, quand elle parle de ce second ordre
« avec autant d'assurance que du premier. Ces paroles emprun-
« tées à *la troisième question du Concours de Salamanque,*
« résument parfaitement notre travail et peuvent lui servir
« d'épilogue. » (1)

Le Jury ne fut pas du même avis que le P. Hahn ; il jugea que
ce Père n'avait pas compris la question, et il renvoya *d'office*
son *Mémoire* à la cinquième question dont il paraissait se rapprocher davantage.

Et voilà qu'il se trouve que *sans le vouloir, sans le savoir,
sans y penser,* le P. Hahn a non-seulement traité cette question
toute différente de la troisième, toute différente de celle qu'il
voulait traiter, mais que *sans le vouloir, sans le savoir, sans y
penser,* il l'a traitée d'une manière tellement supérieure que « le
« Jury a jugé à propos d'augmenter en sa faveur la valeur du
« prix destiné au vainqueur du Concours. » Mais l'homme qui
aurait dû être le plus étonné en tout cela, c'est le P. Hahn lui-
même. Comprend-on l'ébahissement d'un élève qui concourant
pour un prix de mathématiques, recevrait pour son travail un
prix de poésie? C'est à peu près ce qui est arrivé au P. Hahn qui
s'est vu attribuer une médaille d'or destinée à un *romancero*,
comme le prouve le programme du Concours qui m'a été envoyé
annoté de la main même de Mgr l'Évêque de Salamanque. Voilà
pourtant la pilule que le P. de San veut faire avaler sans sourciller à ses lecteurs. Ne faut-il pas qu'il compte singulièrement
sur leur naïveté ?

(1) P. Hahn. *Les Phénomènes hystériques*, p. 180.

Je maintiens donc absolument ce que j'ai dit dans ma *deuxième
Lettre*. Mgr l'Évêque de Salamanque voulant faire une politesse
à la Compagnie de Jésus dans la personne du P. Hahn, a proposé
au Jury qui n'a fait aucune opposition, d'attribuer à son *Mémoire*
une médaille d'or restée sans emploi faute de concurrents, et il a
chargé Don Izquierdo, son neveu et son secrétaire, de l'annoncer
au R. P. Hahn. Don Izquierdo enchérissant sur la pensée de son
oncle, a écrit au P. Hahn en ces termes emphatiques dont les
Espagnols et les Italiens sont prodigues quand il s'agit de titres
et de compliments. Le P. Hahn et le P. de San ont pris ces
expressions au pied de la lettre, voilà toute la vérité sur ce qui
s'est passé à Salamanque.

Il paraît qu'en Belgique on a fait grand bruit à l'occasion d'un
passage du Compte-rendu où il est dit que « le *Mémoire* consi-
« déré matériellement avait ceci de particulier qu'un nombre
« assez considérable de pages étaient, en tout ou en parties,
« cachées par des bandes de papier collées et couvertes d'écri-
« tures. On a pensé que c'étaient des corrections apportées au
« texte primitif qui peut-être a reparu dans la publication du
« P. Hahn. On a accepté ce manuscrit, malgré sa forme défec-
« tueuse, à cause de la lettre d'excuses qui l'accompagnait. » Là-
dessus le P. Hahn et ses amis crient à la calomnie et protestent
que le manuscrit ne portait rien de pareil. A cela je répondrai
d'abord qu'il me paraît étrange que le rapporteur ait pu imaginer
un pareil fait, si ce fait n'existait pas, d'autant plus qu'il semble
n'y attacher aucune importance et qu'il n'en tire aucune conséquence. Il arrive en effet tous les jours à un auteur, en corrigeant
les épreuves de son ouvrage, de revenir à une idée qu'il avait
d'abord rejetée. Je répondrai ensuite qu'il ne me paraît pas
moins étrange que ni Mgr de Salamanque, ni les Membres de la
Commission qui ont eu le *Mémoire* du P. Hahn entre les mains
et qui ont eu communication du compte-rendu, n'aient pas signalé
cette erreur. Pour moi, j'ai cité tout simplement les renseignements que j'avais reçus; le P. Hahn et ses amis protestent sur ce
point; je leur en donne acte bien volontiers.

Le P. de San reproduit à peu près la même idée, sous une
autre forme : « On a encore nié, dit-il, l'identité du *Mémoire*
« imprimé avec le *Mémoire* couronné. J'ai eu sous les yeux le
« manuscrit tel qu'il est revenu de Salamanque et j'atteste que
« l'auteur y défend sans aucune atténuation les thèses attaquées. »

Le P. de San me permettra de lui faire observer que le rapporteur ne dit pas que le manuscrit *ne contenait point* les thèses
attaquées, mais qu'il ne les a pas *remarquées*, ce qui est tout
différent. Or comme c'est uniquement sur son rapport que le
Jury s'est prononcé, l'auteur du compte-rendu conclut avec
raison que le Jury n'a pu approuver des propositions qu'il ne
connaissait pas.

Enfin en répondant à un passage de l'article du P. de Smedt,
J'avais dit qu'à mon avis ce Père s'était mépris sur le sens de ces
mots : Augmenter les prix, *aumentar los premios*, que cette
expression était susceptible de deux sens, qu'on pouvait augmenter les prix soit quant à la *valeur*, soit quant au *nombre* et que
c'était dans ce dernier sens qu'elle devait être entendue. A cela le
P. Hahn me répliquait, le 14 Novembre : » Distinction un peu
« métaphysique et que je ne m'attendais pas, je l'avoue à rencon-
« trer ici. Qui aurait jamais soupçonné qu'augmenter les prix,
« eût pu signifier ici accroître leur nombre ? » Puis revenant sur
« ce point dans sa *Réponse* autographiée, du 8 Décembre, il
« ajoutait : » grâce à cette distinction tout-à-fait inattendue... et
« à ce trait d'esprit, mon contradicteur parvenait à démontrer
« que le Jury en augmentant mon prix, l'avait en réalité diminué.
« C'était mettre beaucoup d'habileté au service d'un mauvais cas. »

Il est possible que je me sois trompé dans mon interprétation ;
mais il n'y avait là ni distinction métaphysique, ni trait d'esprit,
ni habileté et si je me suis trompé, on verra de suite que mon
erreur est bien excusable. Le programme proposait vingt sujets
à traiter, à chaque sujet était attaché un prix unique. Seulement
par exception, aux nᵒˢ 3 et 4, il était attribué un accessit ou récompense, si aucun travail n'avait mérité le prix : ACCESIT, *si no
habiese trabajo digno del premio*. Mais en dehors de ces deux
numéros le programme ne prévoit qu'un seul prix pour chaque
sujet. Et voilà qu'au nᵒ 5, on ne se contente pas d'augmenter la
valeur du prix, mais qu'on accorde encore deux autres prix, si
on peut appeler cela des prix. D'après les renseignements que j'ai
reçus et qui comme je l'ai déjà dit, avaient passé sous les yeux de
de Mgr l'Evêque de Salamanque et des membres de la Commission avant de m'être expédiés, le prix du nᵒ 5 a été remporté par
le Dʳ Don Arturo Péralès, médecin à Grenade, qui a en effet
reçu les œuvres photographiées de Sainte Thérèse, prix désigné
par le programme pour le nᵒ 5.

Puis on a attribué une Médaille d'*Or* au R. P. Guillaume Hahn, S. J. et enfin une Médaille d'*Argent* à Don Luis Marlès, de Cusa. Ai-je donc eu tort de dire qu'on avait augmenté le *nombre* des prix ? A mes lecteurs d'en juger. Si après cela le P. de San soutient encore que le P. Hahn a été couronné, il faudra au moins qu'il admette qu'il a été couronné pour un travail qu'il n'a pas fait, ou qu'il a fait sans le savoir, sans le vouloir et sans y penser.

Mais laissons de côté toutes ces minuties. Le *Mémoire* tel qu'il a été imprimé et publié, a été condamné et très-sévèrement condamné, d'abord par la S. Congrégation des Rites, le 1er Décembre 1885 et ensuite par la S. Congrégation de l'Index, le 11 Janvier 1886. Voici la traduction du Décret de l'Index tel qu'il a été publié par l'*Osservatore Romano*, le samedi 16 Janvier 1886.

DÉCRET

Lundi 11 janvier 1886.

« La Sacrée Congrégation des Eminentissimes et Révérendissimes Cardinaux de la Sainte Eglise Romaine, préposés et délégués par Notre Saint Père le Pape Léon XIII et par le Saint Siége Apostolique à l'index des livres de mauvaise doctrine, à leur proscription, leur correction et leur autorisation dans l'universalité de la République Chrétienne, a ordonné et ordonne d'insérer dans l'Index des livres prohibés, l'opuscule suivant, condamné et proscrit par la Sacrée Congrégation des Rites, le 1er Décembre 1885 : « *Les Phénomènes hystériques et les Révélations de Sainte-* « *Thérèse*, par G. Hahn, S. J., professeur de Physiologie au Collège de la « Compagnie de Jésus, à Louvain. Bruxelles. Alfred Vromant, imprimeur- « éditeur, 1883 ». Décret de la S. Congrégation des Rites, le 1er « Décembre 1885.

« L'auteur s'est louablement soumis et a réprouvé son opuscule.

« C'est pourquoi que personne de quelque dégré et de quelque condition que ce soit, n'ose, en quelque lieu et quelque langue que ce soit, éditer à l'avenir, lire ou retenir ce susdit ouvrage condamné et proscrit ; qu'on soit tenu de le remettre aux Ordinaires des lieux ou aux Inquisiteurs de l'hérésie, sous les peines indiquées dans l'Index des livres défendus. »

« Ces choses ayant été référées à N. S. P le Pape Léon XIII par le soussigné Secrétaire de la S. Congrégation, Sa Sainteté a approuvé le Décret et en a ordonné la promulgation. En foi de quoi, etc.

Donné à Rome, le 11 janvier 1886.

Fr. Thomas Maria, Evêque de Sabine, Card. Martinelli, Préfet.

Fr. Jérôme Pie Saccheri, de l'Ordre des Prêcheurs, Secrétaire de la Sacrée Congrégation de l'Index.

Place ✝ du Sceau.

Le soussigné Maître des Curseurs certifie que le présent Décret a été affiché et publié dans la ville (de Rome), le 12 Janvier 1886.

Vincent BENAGLIA, Maître des Curseurs.

Après cela on sera peut-être curieux de connaître les notes infligées par la S. Congrégation des Rites au *Mémoire* du P, Hahn. » Conformément à la pratique constante des Congréga-« tions Romaines, dit le P. de San, le Décret n'indique pas le « motif de la condamnation. Aucun publiciste catholique n'a « qualité pour suppléer à ce silence. »

On serait peut-être tenté de croire après une telle affirmation, qu'il est impossible de connaître et interdit de publier les notes infligées à un ouvrage par une Congrégation : ce serait une erreur. « Le secret le plus inviolable, dit l'Abbé André, est imposé aux « membres des Congrégations Romaines pour tout ce qui se « passe dans leur sein ; ils y sont tenus par un serment spécial... « Mais lorsque la décision est prise et que l'expédition doit avoir « lieu dans le for extérieur, l'obligation du secret cesse naturel-« lement. Chaque membre peut, sans violer son serment, dire « quelle a été cette décision. Il est des circonstances telles que la « sagesse et une véritable prudence conseillent de la publier. . (1).

On ne sera donc pas surpris d'apprendre que le *Mémoire* du P. Hahn a été condamné et proscrit par la S. Congrégation des Rites « comme scandaleux, offensant les oreilles pieuses, inju-« rieux au Saint Siège et prêtant des armes aux hétérodoxes « pour combattre les doctrines de l'Eglise. »

Voilà le décret que le P. de San avait sous les yeux et les notes qu'il connaissait sans doute ou du moins qu'il pouvait connaître, quand il affirmait que : « dans l'ouvrage de son confrère, il y a « une partie qui mérite de grands éloges et que si l'on en retran-« che une cinquantaine de pages, ce qui restera sera un monu-« ment élevé à la gloire de la Réformatrice du Carmel. »

Grand a été l'étonnement, quand on a appris que l'ouvrage d'un Père Jésuite avait été solennellement condamné. » La mise à « l'Index du Mémoire du P. Hahn que je n'osais espérer à cause « de la Société à laquelle il appartient, m'écrit du fond de l'Espa-« gne le Supérieur d'une Communauté, est une lumière et une « consolation pour beaucoup d'âmes étonnées et attristées. Elle « arrêtera en même temps un mouvement qui semblait s'annoncer « dans le sens du *Mémoire* et qui eût été un très-grave péril. « Encore une fois Dieu soit loué de vous avoir inspiré la pensée « d'écrire vos *Lettres*. »

---

(1) L'Abbé André. *Cours alphabétique de Droit Canon*, Art. *Congrégations*

J'ai été extremement flatté, je l'avoue, de lire dans la 99ᵉ livrai.
son du *Canoniste Contemporain* (Livraison du mois de Mars
1886) l'appréciation suivante de M. Grandclaude, Vicaire Général
et Supérieur du Grand Séminaire de Saint Dié » *S. Congréga-*
« *tion de l'Index.* — » Par son décret du 11 Janvier dernier,
« cette Congrégation a condamné un livre dont le titre est aussi
« scandaleux que l'ouvrage lui-même, dans son ensemble, est
« malheureux : *Les Phénomènes Hystériques et les Révélations*
« *de Sainte Thérèse*, par le R. P. Hahn. On ne conçoit pas en
« effet comment a pu venir à l'esprit d'un savant religieux la
« pensée de faire un semblable rapprochement et de subir ainsi
« la fâcheuse influence de son époque. Assurément il y a
« assez de laïques pour suivre les tendances positivistes et maté-
« rialistes du siècle, sans que les ecclésiastiques et les religieux se
« mettent de la partie : et que le P. Hahn en ait conscience ou
« non, il s'est laissé entraîner dans une voie fâcheuse et a livré
« l'admirable Sainte Thérèse à la dérision des impies ; il a même
« fourni aux adversaires du surnaturel des armes contre les
« miracles. Je n'ignore pas que le savant professeur de physio-
« logie de Louvain était bien éloigné de vouloir les conséquences
« que je signale ; mais il est évident aussi qu'il a fait fausse voie
« en subissant la séduction de ce qu'on a nommé le *Savantisme*
« *Gémonique*, c'est-à-dire, du naturalisme matérialiste, d'ailleurs
« si peu attrayant en lui-même.
« Ce n'a donc pas été pour nous une mince satisfaction, lors-
« que les vigoureuses et solides réfutations publiées par le R. P.
« Touroude, nous sont parvenues, aussi remarquables par le
« grand esprit de foi qui les dictées, que par la précision et la
« netteté des doctrines, ainsi que par le ton de courtoisie parfaite
« dont le savant ne se départit pas un seul instant. *Les Lettres*
« *au P. Hahn* ont fait pleine justice de l'ouvrage aujourd'hui
« condamné par l'Index. Nous sommes heureux d'adresser ici
« nos plus sincères félicitations au savant et judicieux polémiste
« qui a donné pleine satisfaction à la conscience publique
« naturellement émue des hardies et peu respectueuses assertions
« du célèbre professeur de physiologie de Louvain. »
Le prédicateur le plus renommé de notre temps m'avait déjà
écrit dans le même sens : « Un journal signale la condamnation
« par la S. Congrégation de l'Index de l'ouvrage du P. Hahn ;
« c'est la fin du scandale que vous avez dénoncé avec tant de

« science et de courage... Je regrette cette humiliation pour le
« P. Hahn ; mais je ne suis pas fâché de voir souffleter en sa
« personne une certaine classe d'Opportunistes, religieux et
« séculiers qui, pour se donner des airs de grands esprits,
« s'empressent de faire la cour à la science humaine, sans qu'elle
« soit bien sûre de ses affirmations et sacrifient à ses observations
« non seulement les révélations des Saints, mais même l'inspiration
« des divines Ecritures. »

Il paraît qu'à la suite de cette polémique et de la condamnation qu'il a subie, le P. Hahn a dû quitter sa chaire de professeur au Collége de Louvain et le P. de San confirme indirecte-
ment ce fait, quand il dit, à la première ligne de sa brochure,
que le docte religieux qu'il combat, était son ancien collègue
dans l'enseignement ; ce qui semble indiquer qu'il ne l'est plus
aujourd'hui. Le P. Hahn s'est honorablement soumis ; on ne
pouvait attendre autre chose de sa foi et de sa piété, et il trouvera
dans sa soumission aux décisions de l'Église une compensation
aux ennuis que lui a attirés une erreur momentanée.

Après cela il est probable que le R. P. de Smedt ne se pressera
pas de modifier *La Vie de sainte Thérèse*, par le P. Van der
Moere, insérée dans la collection des Bollandistes.

A ce propos, qu'il me soit permis d'exprimer, comme l'a déjà
fait M. l'Abbé J. Morel, la peine que j'ai éprouvée, en voyant le
P. de Smedt déclarer que les Bollandistes ne sont point solidaires les uns des autres et que chacun d'eux répond personnelle-
ment des articles qu'il signe. J'avais toujours cru et bien d'autres
comme moi, que tous les faits qui, dans la vie des Saints, pouvaient
donner lieu à quelque controverse, étaient l'objet d'une discussion
spéciale et que c'était seulement après un examen approfondi que
les membres de la Société, réunis dans une conférence générale,
se prononçaient sur l'opinion qui leur paraissait la mieux fondée.
Voilà pourquoi on attribuait une si grande autorité aux décisions
des Bollandistes. Mais si nous n'avons plus que l'opinion d'un
seul homme, quelque docte qu'on le suppose, il s'en faut de
beaucoup que cette opinion ait la même autorité. Et certes
quand on voit le doyen des Bollandistes, le savant P. de Smedt,
faire un éloge pompeux et adopter les théories dangereuses d'un
ouvrage solennellement condamné et proscrit par deux Congrégations Romaines, peut-on avoir une entière confiance dans les
décisions de ses Confrères ? Il me semble donc que par sa décla-

ration et par son exemple, le P. de Smedt a porté un coup funeste à la grande Collection de la Vie des Saints.

On comprend avec quelle joie la condamnation de l'ouvrage du P. Hahn a été accueillie par tous les enfants de sainte Thérèse. On peut en juger par ce que m'écrivait une bonne Supérieure à qui je l'avais apprise : « Que je vous dise, M. R. P., combien j'ai « été heureuse, le jour de Noël, à 9 heures du matin, lorsque je « reçus votre bonne lettre. J'en ai pleuré de joie. Quel don le « Saint-Enfant-Jésus venait me faire ! Quelle délicieuse fête il « me procurait !... Dans ma joie je courus à la Crèche et déposai « la lettre à ses pieds, en signe de reconnaissance. Je récitai un « *Te Deum* d'action de grâces ; puis je priai de tout mon cœur « pour mon bon P. Touroude, à qui notre Saint Ordre est si « redevable. Car après Dieu, c'est bien à vous, Mon Vénéré « Père, que nous devons la réhabilitation de notre sainte et « séraphique Mère Thérèse. Elle ne l'oubliera pas là-haut, « soyez-en assuré, et tous ses enfants conserveront à jamais le « souvenir de ce dont nous vous sommes redevables...

« Hier matin j'ai reçu deux lettres de Rome : une de Notre « Révérendissime Père Général. et l'autre de Notre Rév. P. B.; « tous deux m'annoncent la bonne nouvelle : ils paraissent extrê- « mement heureux et me disent, avec le cœur plein de recon- « naissance, combien l'Ordre a d'obligations au Vénéré P. « Touroude et combien tous ensemble nous devons nous unir « pour prier pour Sa Révérence. »

Un bon nombre de lettres m'affirment que les articles de M. J. Morel et les *Lettres au P. Hahn* ont contribué à amener ce résultat. Plusieurs évêques ont même daigné m'assurer qu'en écrivant ces *Lettres*, j'avais rendu un véritable service à la Reli- gion et à l'Église. Que le Seigneur en soit béni Je ne peux mieux, ce me semble, clore cette polémique qu'en citant la lettre d'un vénérable Prélat : « J'ai lu votre seconde *Lettre* et ne « saurais assez vous en féliciter et vous en remercier. Je vous « avais conseillé, il y a six mois, de ne point prolonger une « discussion si malencontreusement soulevée ; votre première « réponse me semblait plus que suffisante. Mais du moment que « le P. Hahn ne s'est point senti assez battu et surtout que deux « Pères de sa Compagnie ont paru vouloir le défendre, vous « avez fort bien fait de reprendre la plume, afin de ne leur point « laisser le dernier mot. Votre seconde *Lettre* est si claire et si

« forte, vos preuves sont si convaincantes, vos conclusions si
« péremptoires que l'on ne sera pas, je pense, tenté de riposter.
« Vous avez noblement soutenu et gagné cette sainte cause.
« C'était non-seulement venger l'honneur vraiment outragé de
« l'incomparable Vierge d'Avila, mais soulager tout le Carmel et
« rendre service à toute l'Église. Partout où il se fait jour et
« quelque forme qu'il révête, le naturalisme est la grande peste
« de notre temps. Soyez donc béni, mon R. P., et recevez, etc.
« — 2 Décembre 1885. »

Et maintenant, à la veille d'entrer dans ma 74ᵉ année, il ne
me reste plus, après une approbation si flatteuse et si complète,
qu'à garder le silence et à me préparer dans la solitude au
grand jour de l'Éternité.

Alençon, le 24 Mai 1886.

A. Touroude.

Prêtre-agrégé à la Congrégation de Picpus,
Aumônier de l'Adoration,

Rue de Lancrel.

Alençon, — E. RENAUT-DE BROISE, Imprimeur et Lithograhe.

www.ingramcontent.com/pod-product-compliance
Lightning Source LLC
Chambersburg PA
CBHW060822250626
47162CB00005B/1908